強張りかけた身体が、柔らかに撓む。玲司は、自分から顔を近づけて大堂の唇にキスをした。

マティーニに口《くち》づけを

橘《たちばな》かおる

ILLUSTRATION
麻生《あそう》 海《かい》

CONTENTS

マティーニに口づけを

マティーニに口づけを

「出て行け！　この部屋はもうおまえのものではない！」

芝浦《しばうら》が感情もあらわに怒鳴る。

背後でおとなしく控えながら、玲司《れいじ》はじっとその様子を観察している。普段が冷静沈着な男だっただけに、顔には出さないながらも驚いていた。

出て行けと言われたのは、大堂正吾《だいどうしょうご》、三十三歳。玲司が陥れた男だ。自分が動いたせいで、大堂は今日、会社も住まいも失った。

自分だってしたくてしたわけではない。雇い主であり支配者でもある芝浦に命じられ、逆らえなくて、やむを得ず計画したことだ。ある意味、大堂と同じ被害者でもある。

心の中では同情を覚えながらも、しかし玲司の明晰《めいせき》な頭脳は、芝浦をここまで激昂《げっこう》させることができる彼は、やはり利用できると、冷静に値踏みしていた。

「わかった」

大堂は淡々と答え、荷物をまとめ始める。

マンションは会社名義になっており、家具類も付属のものが多く、大堂個人のものはあまりないだろうと思われる。それでも家電品は個人所有だろうに、最終的に大堂が手にしたのは着替えを入れたボストンバッグひとつだった。

「あとは適当に処分してくれ」

悔しそうな素振りも見せず、そう言い残すと、大堂はあっさりと出て行ってしまった。

肩幅の広い大柄な身体がドアの外に消えた途端、芝浦は苛立《いらだ》ちをぶつけるかのように、テーブルの上にあったものを払い除《の》けた。ウェッジウッドの華奢《きゃしゃ》なカップや皿が、床に落ちて砕け散る。

「なぜあの男はっ。どうしてまいったと言わないのだ！」

玲司は冷めた目でそんな芝浦を見たあと、屈《かが》み込んで壊れた欠片《かけら》を拾い始めた。

その腕を乱暴に摑《つか》まれ、引き起こされる。

「そんなことはしなくていい。怪我《けが》をしたらどうする……」

言いかけて唐突に言葉を切ると、芝浦の目が嫌な感じに光り出した。

「そうだな、おまえには別のことで役に立ってもらおうか」

そのままソファの上に突き飛ばされた。ネクタイを引き抜かれ、慌ただしくシャツをめくられる。

玲司はいっさい抵抗しない。いや、できないのだ。

芝浦の手が危ういところに触れ、快感を暴き立てる。どんなに我慢しようとしても、二年もの間抱かれ続けた身体《からだ》は、心とは裏腹に愛撫《あいぶ》に蕩《とろ》けていく。

芝浦の腹立ち紛れの愛撫は、いつもよりきつい責めになった。さんざん啼《な》かされ喘《あえ》がされながらも、頭の片隅に常にある冷静な部分が、欲望に流されることなくこの状況を分析し始めている。

芝浦が最奥《さいおう》に放ったあと、続けて達しようとした玲司の昂《たかぶ》りは、いきなり彼の手できつく縛《いまし》められた。

「あ……、やぁ…」

快感が逆流して苦しい。玲司は芝浦の手を引《ひ》っ掻《か》くようにして、縛めを外させようとした。

「や、……イきたい」

それを上から、芝浦が厳しい目で見下ろしている。

「大堂に、近づくな」

威嚇《いかく》を含んだ低い声に、玲司は目を瞠《みは》った。

悟られている。いや、当然か。

玲司がこの軛《くびき》から逃れるためならなんでもすることを、芝浦は知っているのだ。

「や、イかせて……」

瞼《まぶた》を伏せ、甘い言葉を紡ぎ、我慢できないとわざと身悶《みもだ》えして痴態を晒《さら》す。

「約束できるな」

と言われてコクコクと頷《うなず》き、ようやく堰《せ》き止《と》められた快感の放出を許される。

達した衝撃で、激しく胸を上下させながら、玲司は確信した。大堂はきっと芝浦への強力な武器になる。なんとしても彼を味方に引き入れなくては。

何度も身体をひっくり返され貫かれ、ついには意識を失うまで責め抜かれる間も、玲司は繰り返しそのことだけを考えていた。

うらぶれた感じのドアを押し開け、玲司はバーに足を踏み入れた。落ちぶれた男が行くに相応《ふさわ》しい場所だと感じた雰囲気は、中に入っても裏切られなかった。

カウンターとふたつのテーブル席だけの狭い室内、壁の装飾品もあか抜けない。カウンターの内側に立つかなり年配のバーテンも、なんとなくしょぼくれた感じがした。

店内に流れるのはジャズ。全く興味のない玲司には、それもただの聞き慣れないＢＧＭでしかなかった。

客はカウンターにふたり、そしてテーブル席に三人。それが多いのか少ないのか、玲司にはわからない。入った途端、目指す相手がカウンターに座っているのを見つけ、ほかのことは意識から消えていったからだ。

大堂…。今日一日で、何もかもをなくした男。

足許にはボストンバッグがひとつ。ラフなコットンのシャツとジャケット。織り模様の入ったスラックスを穿《は》いている。

部屋を追い出されたときのままの服だ。

背後から見ると、大堂は非常に肩幅の広いがっしりした身体をしている。大学時代は、アメリカンフットボールのクォーターバックをやっていたという。身長も百八〇センチは軽く超えているから、あのユニフォームを身につければさぞ似合っていたことだろう。

もっとも卒業後、会社をふたつ設立したものの、そのふたつとも乗っ取られていることを思えば、筋肉バカと言われても仕方がない。

とはいえ、大堂がすべてを失ってバッグひとつでここにいるのは、玲司のせいでもある。申し訳ない、という罪悪感も少しはあった。

彼にとっては自分は、不倶戴天《ふぐたいてん》の敵の片割れであろう。その認識を、少しでも改めてもらわなくてはならない。

やや小作りで精緻《せいち》に整った玲司の白皙《はくせき》の顔は、これまでも男女問わず絶大な威力を発揮してきた。前職は証券アナリストであったから、客を相手にするとき、当然最大限に利用する。

スレンダーな身体をブランドもののスーツで包み、ときには理路整然と、ときには笑顔で接するとき、客はことごとくこの手に落ちてきた。役に立つものであると、玲司は自らの美貌をその程度に認識している。

冷ややかな表情でズバリと正論を叩《たた》きつけるときの玲司は、秋霜《しゅうそう》の如《ごと》し、と評される。逆に、笑みを浮かべ、独特のややハスキーな声で柔らかく話すときは、春風駘蕩《しゅんぷうたいとう》、誰《だれ》でも蕩かせてしまう温かさに満ちていると。

もっとも二十九歳になる昨今、意に染まぬことばかりで、とても春風のように優しい笑顔など浮かべるべくもないのであるが。

しかし今は、その笑顔を最大限に利用するときだ。大堂に、敵という認識を変えさせるのは一朝一夕にはいかないだろうが、少なくともこちらの話を聞こうと思う程度には、気持ちを和らげさせたい。芝浦から逃れるためには、どうしてもこの男が必要なのだ。

思い詰めた顔を、意識して緩める。

通りすがりに壁の鏡で、自分の顔が微笑《ほほえ》んでいることを確認し、穏やかな声を心がけながら話しかけた。

「大堂さん、隣よろしいですか?」

ぱっと振り向いた大堂は、玲司の顔を認めて大きく目を見開いた。

大作りな顔である。眉《まゆ》は太く、二重の大きな目をしている。どこかで一度骨折したのか、まっすぐ延びた形のよい鼻の途中で、微妙にラインが歪《ゆが》んでいる。厚めの唇とがっしりした顎《あご》。男臭い精悍《せいかん》な顔、と言えなくもないのだが、なぜだろう、そう言い切れないところがある。

いや、それは彼が今現在負け犬であるという、玲司の持つ先入観のせいだろう。客観的に見れば、確かに男前だ。この顔と身体があれば、女はすべからく靡《なび》くはずだ。金のない今の状態でも。

「氷崎《ひざき》君……」

驚いてはいるようだが、瞳《ひとみ》にはどこか面白がっている風情も窺《うかが》える。

「確か、芝浦の秘書だったね。もしかして彼のお遣い?」

お遣い、という言われ方に、思わず仰《の》け反《ぞ》りそうになった。俺《おれ》は使い走りのガキか、と内心で悪態をつき、しかし表面は愛想よく、

「いえ、芝浦は関係ありません。実はあなたにお話があって」

思わせぶりに微笑んだ。たいていこれで相手の機嫌はよくなる。そしてあれこれとこちらのことを聞いてくるのだ。

しかし大堂は、ふーんと言ったきり、顔を正面に戻してグラスを傾けている。

とりつく島がなくてちょっと迷ったが、かまわず隣のスツールに腰を下ろした。

仕方がない。大堂の中では自分は敵なのだ。こちらが愛想よくしても、すぐに笑顔が返ってくると期待してはいけない。

「何になさいますか？」

おしぼりと灰皿が差し出され、灰皿の方は首を振って断る。

「何か軽いカクテルでも」

「かしこまりました」

頷くのを見たあとで、このバーテン、カクテルを作らせて大丈夫か？　と心配になった。棚にはけっこうな種類の酒瓶が並んでいるが、中身が減っている様子もなく、ほかの客達をちらりと見ると皆水割りかロックで飲んでいる。隣の大堂もそうだ。

気になって見ていると、老バーテンは迷わずシェリーとベルモットを、メジャーカップも使わないでミキシンググラスに注ぎ入れた。それにオレンジビターズを加えてステイし、カクテルグラスに鮮やかな手つきで注ぎ入れると、すっと差し出してきた。

「アドニスです。あなたにぴったりかと」

琥珀色《こはくいろ》のカクテルに、目を落とす。アドニスという名称には絶句したが、くたびれた風情に見えた老バーテンの鮮やかな手並みに、思わず見惚《みほ》れた。

味は？　と恐る恐る口をつける。ほんのり甘い香りのするカクテルは、甘くもなく辛くもなく、玲司の舌に心地よく感じられた。

思わずこくりと一口飲んでいた。濡《ぬ》れた唇を何気なく舌で舐《な》めていると、隣でくくっと笑う気配があった。どうやら一部始終を観察されていたらしい。

「中井《なかい》さんは、バーテンダーの競技会でグランプリを取ったことがあるひとだ。見た目で判断してはいけないね」

ちっちっと指を振りながら大堂が忠告してきた。玲司が相手を見下していたことまで見抜かれている。簡単に気持ちを読み取られたことが、我ながら腹立たしい。

同じ男に二度も会社を奪われた間抜けのくせに、と思いながらも、顔にはちゃんと笑みを留《とど》めておく。今はなんとしても機嫌を取らなければならないときだ。

「すみません、そんなつもりじゃなかったんですが。……おいしいです」

わざとらしくならないように、まず中井というバーテンに敬意を表しておく。そのあとで、ちらりと視線だけを大堂に向けた。色っぽいと、誰からも評される、艶《つや》やかな流し目だ。

「俺がおっかなびっくりだったところ、ずっと見ておられたんでしょう。ひとが悪いな」

「そうか？　ひとを本質で判断するか見かけで判断するかは個人の自由だろ。俺がとやかく言うことじゃないと思っただけだ」

えらそうに、と玲司はまた思った。なんだか、大堂の言葉のひとつひとつが気に入らない。カチンときてしまうのだ。これは相性、最悪かも、と内心で困惑する。大事なパートナーに口説き落とそうと考えているのに、肝心の自分が彼を嫌うようでは、何事もうまくいかなくなる。

「確かにそうですね」

内心の苛立ちを抑え、逆らわないように頷いた。こちらの反発を感じ取ったかのように、大堂の瞳が面白そうに瞬《またた》いた。

「このカクテルは本当においしい」

敢《あ》えて大堂から顔を背けて、バーテンに軽くグラスを掲げ、玲司は残りのカクテルも喉《のど》に流し込んだ。

「次はマティーニを」

知っている中からオーソドックスなものを選ぶ。

「かなり辛口ですよ」

バーテンがひと言注意するが、玲司はかまわないと頷いた。味を心配する必要はないとわかったので、バーテンの手元から隣の男へと注意を移す。

「先ほどの続きですが、あなたにご協力をお願いしたくて捜していたのです」

「芝浦繋《つな》がりなら、ごめんだぞ。あいつのしつこさには、いい加減うんざりしているんだ」

眉間《みけん》に皺《しわ》を寄せて言うのだから、本当に嫌なのだろう。

「では、彼を失脚させて、解放されたくはありませんか？」

こんな言葉を吐いたことを芝浦に知られたら命取りだが、大堂の関心を引くために、玲司は敢えて口にした。

「ふうん、失脚させる、ねえ。仮にも芝浦は君の雇い主だろ。そんなことをしてもいいのか？」

大堂は、関心なさそうに聞いてくる。

本当に興味はないのか、と玲司は注意深く大堂を観察した。彼は今日会社を乗っ取られたばかりだ。普通なら、相手に一矢報いるチャンスを差し出されたら、身を乗り出してくるのではないか？

しかし玲司の目の前で、大堂はバーテンに「今度はお任せで」とお代わりを頼んでいる。こちらの申し出に心は動かないようだ
玲司は差し出されたマティーニに口をつけ、本当にドライな味に思わず顔を顰《しか》めた。

次はどう攻めるか。考えながらも、思わずため息が漏れた。

何もかもうまくいかない。

昼間芝浦に、手荒く抱かれた。身体のあちこちに痣《あざ》が残っているし、無茶な挿入をされた秘処も少し傷ついていた。

早く逃げる算段をしないと、身も心もあの男に壊されてしまう。

芝浦の無体に考えが向かうと、あまりの悔しさに思わず手の中のグラスを握り締めていた。

罠に嵌《は》められ、自由を奪われて言いなりに働かされ、さらに抱き人形にされている。

罠と気づかなかった自分がバカだったのだがと自嘲《じちょう》しつつ、それ以来軛を逃れることだけを考えてきた。

芝浦に少しでも関《かか》わっていた人物は、これまでも気づかれぬよう、だが徹底的に裏で調べあげてきた。大堂とは大学時代から確執があったらしいという情報を摑んでからは、その行動をずっと監視させている。確執の原因に関しての調査はこれからだが、今日は芝浦の目をかいくぐって自ら大堂を追ってきたのだ。

この間抜けな大男を利用すれば、もしかすると今度こそは、芝浦を陥れることができるかもしれない。そのためにもなんとか彼を口説いて……。

華奢なカクテルグラスを無意識のうちに、握り締めてしまっていた手を、そっと包まれた。大堂の大きな肉厚の掌《てのひら》は、意外にも繊細な動きをし、ほっとするような温かみに満ちていた。

「そんなに力を入れたら、グラスが砕けてしまう」

まるで思い詰めるな、と諭された気がする。何も知らないいくせに、と思いながら隣にいる大堂に視線を向けると、大きな二重の目がひどく優しく見えた。錯覚だ、とすぐさま振り払いはしたものの、指先から力が抜けていく。

バーテンが大堂の前に、オリーブを飾ったグラスを差し出してきた。

「マティーニ？」

一度首を傾《かし》げたあとで、大堂は澄ました顔のバーテンを見て破顔した。そして自分の前に置かれたマティーニのグラスを、玲司の方へ移動させた。

「交換しよう。君にはこっちの方が飲みやすいだろう」

同じマティーニなのに、と思わず見比べてしまったが、今はこの男の機嫌を損ねないようにするのが肝心と、おとなしくグラスを取り上げた。

玲司が用心深く口をつけて味を確かめている間に、大堂は彼の飲みかけのマティーニを攫《さら》い取って、自分の前に置いた。

舌で感じた今度のマティーニは――。

「甘い？」

思わず不審に感じてバーテンを見る。

「ドライじゃなくて、スイートベルモットを使ったマティーニだ。かなり違うだろう」

説明したのは隣の大堂だった。

「普段中井さんはドライなマティーニしか作らないんだが。どうやら君は彼のお眼鏡に適《かな》ったらしいね。特別扱いだ」

愉快そうに言われ、玲司は曖昧《あいまい》に微笑み返した。言葉遊びにも似たこうした隠喩《いんゆ》に、玲司は疎い。そもそも頭が理系でできている。だが、今のは自分にとって悪い風ではなさそうなので、感謝の意味を込めて、バーテンに目で礼を言った。

「それで、なんだって？　芝浦を失脚させる？」

さっきはまるで興味がなさそうだったのに、今度はまともにこちらの顔を見ながら聞いてくる。黒目の部分が大きい目には、吸い込まれそうな深みがあった。間抜けな男の目にしては迫力がある。

宝の持ち腐れ、という言葉がふと浮かんできた。見かけ通りの力があれば、この男はもっとうまく立ち回れたはずだ。会社を起業する才能はあっても、防衛し発展させるという方向に頭が働かないのだろう。つまり限られた能力だ。

もったいない、と感じるのは単なる感傷だ。こちらの提案に興味を持ったのならちょうどいい。うまく取り込んで利用させてもらおう。

「ここではちょっと……」

思わせぶりに言葉を濁した。できれば周囲に聞き耳を立てる人間のいないところで話したい。

芝浦は異様に勘が鋭く、これまでも玲司の裏切りの気配には素早く気がついた。

今も、自分が大堂に関心を持っているのは、わざわざ釘《くぎ》を刺したくらいだからわかっているだろう。

前々から秘密裡に大堂の監視をしていたことはまだ勘づかれていないと思うが、もしかすると尾行をつけられているかもしれないと、この店に来るときも、かなり気を使った。

「芝浦にばれると君がやばい？」

「ええ」

嘘《うそ》ではないから、頷いた。

「中井さんは、大丈夫なんだけどな……」

「行っておあげなさいませ。きっとあなたにもよろしいことになりますよ」

大堂がぼやく途中でバーテンが口を挟んだ。

「そう？」

とその言葉に頷くと、大堂はいきなりグラスのマティーニを飲み干した。

「中井さんがそう言うならね。いいよ、行こう」

「え？」

バッグを提げて立ち上がった大堂を、玲司は戸惑って見上げた。

「話があるんだろう？　聞くよ」

「あ、はい」

慌てて自分も立ち上がる。なぜ急に態度が変わったのかと訝《いぶか》りながらも、望む方向へことが転がり出したのだ。このチャンスを摑まない手はない。

バーテンへの礼儀だからと、自分もマティーニの残りを飲もうとしたら、すっと手が伸びてきて止められた。年相応に皺の多い手が、上品に優美に動いて、グラスを引っ込めてしまう。

「これは次回までお預かりしておきましょう。お話がうまくいきましたら、またおふたりでおいでください」

洒落《しゃれ》た言い方で締めくくったバーテンを、玲司は見直した。彼を凝視したあと、もう一度店内にも視線を巡らせる。

最初あか抜けない、と思った室内は、居心地よくするためにわざわざアンティークな置物や壁飾りを用いているのだと察せられた。古びたようなテーブルやカウンターも、実はその古さを雰囲気を出すのに利用しているのだとか、染みひとつないほどピカピカに磨き上げられていることにも気がついた。

そして年配のバーテンの、世の中を知り尽くしたような深沈たる瞳に、客はしばしの憩いを得るのだろう。

見かけだけで判断してはいけないと、わかっていたつもりでわかっていなかった。

自戒しながら玲司は、大堂が代金を置いた横に自分のも置き、一緒に店を出て行った。

振り返って見たうらぶれたドアだけは、やはりそのままの印象だったが、それは一見客《いちげんきゃく》を嫌った店主の意向なのだろうと今はわかる。

こういう趣味の店に出入りするなら、大堂はただの乗っ取られ男ではないのかもしれない。

店を出て、通りを横切りタクシーが並んでいる大通りに向かう彼のあとを急ぎ足で追いかけながら、玲司はふと考えた。

でも、まさかな。一度なら、油断したと言い訳もできる。しかしこの男は二度とも同じ男に、しかもこれから飛躍するという寸前を乗っ取られているのだ。やはり前例から学べないバカとしか思えない。

客待ちをしているタクシーに「乗れよ」と促され、奥の方に腰をずらした。あとから乗り込んだ大堂に住所を聞かれ、咄嗟《とっさ》に答えてから、なぜ？　と彼を見る。

大堂は聞いたばかりの住所を運転手に告げていた。

「いや、大堂さん。俺の自宅ではなくて、ですね、どこか別の……」

住まいをなくした大堂が今夜宿泊するホテルで、と思っていたのだが。

「秘密なんだろう？　一番いいのは君の部屋に決まっている。それともそこに盗聴器でも仕掛けられているのか？」

「いくらなんでもそれはありません」

憮然《ぶぜん》として答える。

「だったら、問題はないな」

意外と強引だ。またもや内心ではカチンときながら、玲司は口を噤《つぐ》む。

タクシーは豪華なマンションの前で停《と》まった。ホテルのようにドアマンまでいる。大堂が軽く口笛を吹いた。

「君は財閥の御曹司だったのか」

しげしげと見られて、

「そんなんじゃありません。ちゃんと自分で稼いだお金です」

声に苦々しい思いが混じるのを止められなかった。

「ふうん。社長秘書ってのは、そんなに儲《もう》かるのか。それとも……」

言いかけて、大堂が唐突に言葉を切った。その先を玲司は容易に想像できる。

『秘書ではなくて、愛人か』

大堂にすれば揶揄《やゆ》の言葉として思い浮かべたのだろうが、それが洒落にならない自分の現在の境遇が腹立たしい。そしてその台詞《せりふ》を言わなかった大堂は、こちらの態度で何がしかを察したのだろう。

「とにかく、中へ」

ドアマンが恭しくドアを開けてくれた。広いロビーにはコンシェルジェのデスクもある。購入金額も相当なものだったが、その後の共益費というか、こういうサービスに掛かる費用もバカにならない。そして腹立たしいことに、毎月それらがきちんと引き落とされていっても、玲司の預金額は増えるばかりなのだ。

専用のエレベーターに乗り、自分だけの専用ホールに出る。目の前の重厚なマホガニー製のドアをカードと暗証番号で開けると、

「どうぞ」

と大堂を促した。

「俺も、今朝までは相当なマンションに住んでいたと思うが、ここほどではなかったな。少なくともドアマンはいなかった」

笑う大堂は、自分が追い出されたマンションに、これっぽっちの未練もないようだ。

ドアの内側は広い玄関だった。靴を脱いで上がった正面がリビングで、その向こうにダイニングキッチン、右手にベッドルームとバスルームがある。ほかにもうふたつばかり部屋はあるのだが、使っていないので、空き部屋のままだ。

そもそもひとり暮らしでこんな広い住まいは必要ないのだ。現に玲司自身、すっかり持て余している。

だがあのときは、とにかくできるだけ早く金を使ってしまいたかった。思い通りにはいかなかったが。

広すぎて寒々としたリビングに通された大堂はドアの側《そば》にバッグを置くと、ぐるりと部屋を眺め回している。遥《はる》かな先にキッチンとダイニングとの境になるカウンターが見えているはずだ。その向こうが設備の調ったキッチン。

左手一面に上から下までのガラス戸が続いていて、絶景とも言える高層からの夜景が広がっている。

玲司はさして関心もなく、手許《てもと》のスイッチで電動カーテンを閉めた。

「お、もう少し見ていたかったのに」

不満そうに振り向かれて、スイッチを示した。

「どうぞ」

大堂が楽しそうにカーテンを開け閉めしている間に、玲司はカウンターまで歩き、上着を脱いで側の椅子《いす》に放《ほう》り、ネクタイを緩めてシャツの袖《そで》をめくった。

「コーヒーでいいですか？」

「いいぜ。その代わりアイリッシュコーヒーにしてくれ」

「それは、カクテルじゃないですか」

「量を減らして香りだけにすればいい」

と注文が入る。

話をするのにはアルコール抜きの方がいいと思ったが、機嫌を損ねてまで主張することもないと、カウンター横のサイドボードから封を切っていないアイリッシュウイスキーを取り出した。

カウンターを回ってケトルに水を入れ湯を沸かしながら、冷凍室から凍ったホイップクリームを取り出す。

「へえー。材料はあるんだな」

「たまに自分でも飲みますから」

マグカップにインスタントコーヒーを入れ、それに湯を注いでからウイスキーを適量入れる。最後にレンジで半分解凍したホイップクリームを絞り出した。

ソーサーの上に角砂糖を添えてから、大堂に手渡す。同じものを自分のためにも作った。

玲司は、早々にソファでくつろいでいた大堂と向かい合うように腰を下ろす。

「うん、うまい」

一口啜《すす》って満足そうに頷いた大堂は、カップを置き、「さて」と改まったようにこちらを見た。

「話をしよう」

カップを口許《くちもと》に当てていた玲司も、つられるようにそれを置く。

「まず聞きたいのは、君は何者かということだ。今は芝浦の秘書だということは知っている。だがそれだけじゃないな。もともとの職業はなんだ？」

「証券アナリストです、いえ、でした」

「なるほど。うちの会社の株を買い占めたのは君の指図か。なかなか手強《てごわ》かっただろう」

薄く笑って言う大堂に、玲司は素直に頷いた。

「本職が防衛しているのかと思いました。ある時期を境に、急に抵抗が止《や》みましたが」

「めんどくさくなったんだ」

「は？」

「まあそれはいい。で、どうやら有能らしい証券アナリストの君が、なぜ芝浦の秘書をしている？もしかして芝浦に弱みを握られた口か」

「まあ、そんなところです」

隠すことでもないので、頷いた。と、向かいに座っていたはずの大堂が、さっと席を移ってきた。え？　と状況が読めずに目を見開いている玲司の襟元に、大堂が手を伸ばした。そのまま断りもなく、シャツのボタンを外し始める。

「な、何をするんですかっ」

慌てて身体を仰け反らせ、大堂の手を振り払う。

「確認するだけだ」

「だから、何をっ」

そのまま無言の攻防が続き、最後に舌打ちした大堂は、いきなりシャツの前を力任せに開いた。ボタンが弾《はじ》け飛ぶ。

「やめろっ」

思わず叫んで立ち上がろうとしたところを、押し倒される。ソファの上に押さえ込まれて、玲司はパニックに陥った。

振り回した腕は頭上でひとまとめにされ、膝の上に乗り上げられると、身動きもできなくなる。体格に差があり過ぎるのだ。

それでもしばらくは全力で抗《あらが》い、ついには力尽きて、荒い息を吐きながら大堂を睨《にら》みつけた。

「なんの、つもりだ」

「確認すると言っただろう」

「だから、何を……、おい、よせ」

大堂がボタンの飛んだシャツの前を押し開き、するりと胸に手を這《は》わせた。片腕一本で頭上に拘束されている腕を引き抜こうとしたが、敵《かな》わない。

必死で身体を捩《よじ》っても、大した抵抗にもならなかった。

悔しさでぎりぎりと歯嚙《はが》みをする玲司を尻目に、大堂は悠々と掌を滑らせて、つけられた赤い鬱血《うっけつ》の痕をひとつずつ辿《たど》っていった。

「すごいなこれは。俺のものだと言わんばかりにべたべたと」

ヒューと口笛を吹かれて頭に血が上る。顔だけでなく、はだけられていた胸から項《うなじ》にかけても、鮮やかに色づいた。それがどれほど艶《なま》めかしく見えるか。

「芝浦が迷うはずだ」

「だまれっ」

玲司は怒鳴る。身体を押さえつけられては、口で抵抗することしかできない。

芝浦には、弱みに付け込まれて無理やり身体を開かされた。そして今度は迂闊《うかつ》に招き入れてしまったこの男に力づくでされるのかと思うと、目の前が真っ暗になる。

ゲイをアブノーマルと言うつもりはない。そういう性癖の人間もいるのだなとその程度の認識で、だが玲司自身は、ごく普通に女性を愛する男だった。

芝浦は執拗《しつよう》に、そんな彼を作り変えていったのだ。

あの執着は理解できない。屈辱に震える身体も、回を重ねれば感じるようになる。いつのまにか、男に突っ込まれて喘ぐ身体にされてしまった。

本意でない行為で快楽を得ることほど、悔しく惨めなことはない。玲司は、そんな自分を受け入れることができないでいた。

恨みは心の奥底に降り積もり、どろどろと瞋恚《しんい》の炎を燃やし続けてきた。なのに、軛から逃れようと必死で足掻《あが》いたあげくが、別の男の顎《あぎと》に捉えられてしまうなんて。

どうしようもなく気持ちが昂った玲司は、きつく唇を噛《か》んで顔を背けた。

慣れた身体は、ひとの手を感じるだけで、昂ってしまう。下肢を押さえられているから、大堂には隠しようもない。乳首を弄《いじ》られピクンと反応した。さあーっと鳥肌が広がるのも観察されている。そして、そうしたささやかな刺激だけで、玲司自身が勃《た》ち始めていることも。

玲司の意志などそこにはない。開発され尽くした身体は、自動的にそうなるように仕込まれていたのだ。

胸に触れていた指が、ふと眦《まなじり》に移動する。

「泣いているのか」

驚いたように言われて、玲司は激しく頭を振った。

泣いてなどいない。こんなことで泣くものか。そんな弱い自分ではない。

だがそう思うのに、涙は次々に溢《あふ》れて伝い落ちていく。

ふいに頭上で押さえつけられていた手が解放された。下肢に乗り上げていた大堂の身体も横にずれる。

自由になったのに、玲司は動けなかった。ただ、腕を下ろして顔を覆っただけだ。堪《たま》らなく自分が惨めだった。

傍らに座った大堂が、はだけたシャツを掻き合わせてくれた。それでもまだ動けない。きつく唇を嚙んでひたすら嗚咽《おえつ》を堪《こら》えた。

「泣くなよ。もう何もしないから」

困惑したような声が掛けられた。玲司はいっそう奥歯を嚙み締める。

上半身を抱き起こされ抱え込まれた。腕の置き場がなくなって膝に置き、しかし顔を見られないようにひたすら俯《うつむ》いて。暴れて逃れる気力もなかった。

半身が寄り添うような体勢になって、そっと髪の毛を撫《な》でられた。優しく梳《す》くようにして、ときには軽く地肌も揉《も》み込まれた。

身体が触れ合っている部分から大堂の熱が伝わってきたが、自分の感情を抑えつけることに必死で、それを煩わしく思うどころではなかった。

「嫌だったのか、こういうこと」

尋ねられて、かろうじて頷いた。

「そうか。それは辛《つら》かったな」

つい最前の乱暴が嘘のように穏やかな声だった。そのまま頭を撫で続けられ、次第に激情も引いていく。

そうなると今度は恥ずかしさで、ますます顔が上げられなくなった。

これまで芝浦にどんなに陵辱されても、感情は冷えたまま動かなかった。

伏せた瞼の裏で赤々と反抗心を燃やしていた。今に見ていろ、と思うことで堪えていられたのだ。

それがほんのちょっと優しくされただけで挫《くじ》けてしまうとは、自分でも信じられない。

おそらく我慢の限界に達していたのだろう。大堂とのやり取りで、感情を閉じ込めていた蓋《ふた》が弾け飛んでしまった。

「なあ、芝浦を罠に嵌めれば君は解放されるのか？」

穏やかに尋ねられて、玲司はごくっと唾《つば》を呑み込んだ。平静な声が出るように喉に力を入れながら、答える。

「芝浦の不正を突きつけて、あの男に握られている俺の不正行為の証拠と交換させることができれば」

「そうか」

髪の毛を撫でていた手が離れていき、ひとりで座っていられるか確かめてから身体も離れていった。

感じていた温もりがなくなって一瞬でも寂しいと感じたのは、今の玲司がひどく弱っているからだろう。

まさかそんな気持ちを悟ったわけでもないだろうが、立ち上がった大堂は宥《なだ》めるように玲司の頭をもう一度撫でた。そしてキッチンの方に消えていく。

情けない自分に自己嫌悪を抱きながら、ソファの背に頭をもたせかけるようにして目を閉じた。シャツの袖で、濡れていた顔をぐいと拭《ぬぐ》う。

大堂の前で泣いたことで感情が混乱し、まだあまり頭が働かない。これからどうすればいいのか、連れ込んだ大堂をどう扱えばいいのか、何も考えられなかった。

キッチンの方でかちゃかちゃと音が聞こえる。大堂が何かしているらしい。それも、ぼんやりと耳を擦り抜けていく雑音に過ぎなかった。

玲司の前に、淹れ替えたらしいアイリッシュコーヒーが差し出された。湯気の中にかなりのアルコールの匂《にお》いがする。

「コーヒーなのかウイスキーなのか迷うほどぶち込んだ。これを飲んで、嫌なことは忘れてしまえ」

さっきと同じように隣に腰を下ろされ、身体が密着する。

半身に熱を感じてほっとする自分を認められなくて、玲司はわざと身体を起こしてカップを手に取った。

一口飲むと、確かにコーヒーよりもウイスキーの味の方が濃い。しかしかっと熱が身体に広がって、興奮したあとの冷えた身体を温めてくれた。

「中井さんは、長年バーテンをしているせいか、ひとを見る目があってね、彼が勧めてくれた人間はお買い得なことが多いんだ。友情だったり、仲間だったり、用途はいろいろだが」

「用途？」

カップを命綱のように握り締め、まだ隣を見る勇気のない玲司は、自分の手を見据えたままかろうじて尋ねた。

「用途、という言い方は不穏だな。つまり、そのときその人間に必要な相手を見抜いて推薦してくれるというか。それがまた、実に時宜に適っていてね」

「俺にはあんたが必要だったたと、そういうことか？」

すでに敬語を使う気分ではなくて、玲司はぞんざいに言い返した。

「違う。俺に、君が必要だった」

「あんたに？」

上目遣いに、ちらりと見ると、大堂はどこか憂鬱《ゆううつ》そうな顔をしてコーヒーを飲んでいた。

「何もかもなくして、困っているから？」

「ちょっと意味は違うが、まあそんなものだ」

「わからないな。それならなぜ、芝浦を失脚させると俺が言ったときに興味を持たなかったんだ？」

「芝浦には、関わりたくないからだ。名前を聞くだけで鬱陶《うっとう》しい」

あんまりな言い方に、ついくすりと笑いが漏れた。

芝浦を評する形容詞はこれまでもいろいろ聞いてきた。それこそ正真正銘の財閥の御曹司だし、金も地位も能力もある。顔も俳優かと言えるほど整っていて華もあり、常に女がまとわりついていた。

それが、鬱陶しい……。何もかも恵まれた男を評するのに、これほど辛辣《しんらつ》なひと言もないだろう。考えてみれば、自分にとっても芝浦は鬱陶しい存在だ。そもそもなぜ彼が、自分をターゲットにして罠を仕掛けてきたのか、そこまでして手に入れたかった何が自分にあるのかが、今になっても玲司にはさっぱりわからない。

抱く相手なら、男も女も選《よ》り取《ど》り見取りで不自由しなかったはずだ。

証券アナリストの仕事にしても、確かに自分は優秀だと自負しているが、それ以上に経験も能力もある実力者は掃いて捨てるほどいる。

有り得ない仮定だが、もし好きだという理由なら、嫌われないようにもっと丁寧に扱ってしかるべきだろう。

彼の手に堕《お》ちて二年。これまでの愛人のサイクルならとっくに飽きられていいのに、未《いま》だに手元に留め置かれている。いったい、いつになったら解放されるのか。

「君は笑顔のほうがいいな」

暗い方向に思いが引きずられそうになったとき、ちょんと頬《ほお》を突かれて反射的に仰け反った。手に持ったままだったカップが揺れて、中身が零《こぼ》れそうになる。

「おっと」

それを寸前で手を添えられて、ことなきを得た。カップを取り上げられ、受け皿に置かれる。空いた手は、そのまま大堂に握られてしまった。

セクシャルな触り方ではなく、じっと観察しながら裏表を矯《た》つ眇《すが》めつしているから、引き抜くタイミングを逸してしまった。

何をするつもりなのかと、思わず見ていると、大堂は最後に掌をしげしげと見てから、指をつーっと滑らせた。

「わっ」

得体の知れぬ悪寒が走って、思わず手を引っ込めていた。

「やはりそこが感じるんだ」

感心したように言われて、

「な……何をする気だ！」

目を見開いて大堂を見た。引いた手を拳《こぶし》に握り締めて、大堂を詰《なじ》る。

「他意はない。ただ、誰もが身体に性感帯を持っていると言いたかっただけだ」

「……っ」

もっとも触れられたくない話題だ。ぱっと顔を背けようとした機先を制されて、顎を押さえられた。

「これは興味本位とか、からかうつもりで言っているんじゃない。性感帯を刺激されて感じるのは当たり前のことなのだから、恥じることなどないんだ。そもそも男なら、触られて勃起《ぼっき》しないはずがない。しなければ、それこそ病院へ駆け込む一大事だ。つまり相手が誰であろうと、感じることを苦痛に思う必要などない、とそれが言いたかった」

真面目《まじめ》な顔で力説する大堂から目が離せない。

「たとえば俺は、一度は経験だと友人に連れられて風俗に行ったことがある。そこで前立腺マッサージというものを施された。まさに青天の霹靂《へきれき》だったね。いつもは自分が啼かせている女性に、いいように操られた。もしかして復讐《ふくしゅう》されているのか、とソープ嬢を見たものだ」

「あんたが、風俗……」

この身体で、この顔で。それこそ必要ないだろうに、と呆《あき》れていると、さすがに大堂もばつが悪かったのだろう。ぽりぽりとこめかみを掻きながら、あらぬ方向に目を逸《そ》らせた。

「まあ、なんだ。そのときは忙しすぎて抜く暇もなくて、どうやら無意識に欲求不満が溜《た》まっていたらしい。毎日険しい顔で彷徨いていたんだと。見かねたその友人に無理やり引っ張られて行ったわけだ。つまり」

大堂はこほんと咳払《せきばら》いして、玲司を見た。

「たとえば君がここで俺の尻《しり》に指を突っ込んでも、俺はイくだろうと……、あ、いや……」

言っている途中で、とんでもない内容に今さらながら気がついたのだろう。大堂は口を噤んでしまった。

玲司にしても、なんとも答えようがなくて、二人して固まること数秒。どちらからともなく目が合い、そして、同時に噴き出した。

腹を抱えて笑っていると、自分が大堂の前で晒した醜態も、どうでもよくなってきた。

芝浦に抱かれているという事実も、どこか軽くなる。

いや、輒は振り切りたいし、自分が味わわされた屈辱の何分の一かは返したい。

復讐心が消えたわけではないが、触られれば感じて当たり前だろう、と言う大堂のあっけらかんとした態度に、もしかすると癒《いや》されたのかもしれない。

それにしても、この大堂が前立腺マッサージ……。フレーズを思い出しただけで、また笑えてくる。

大堂が先に笑い止んで、腹が痛いとそのあたりを撫でながら涙を拭っている。

「いやあ、こんなに笑ったのは本当に久しぶりだ。それだけでも君は俺にとって価値がある。さすがに中井さんの眼力はたいしたものだ」

その言い方にまた噴き出しそうになって、玲司はしゃくり上げるように息を吸って笑いを堪えた。

爆笑すれば大堂を巻き添えにし、二人してまたしばらく、ものも言えなくなるだろう。それでは話が進まない。

この時点で、玲司はもう大堂を仲間と認識していた。

「あんたは俺の提案に乗ってくれるんだな」

念を押した言葉に、大堂はしっかり頷いてくれた。

「芝浦を相手にするのは鬱陶しいが、俺は今義憤を感じているんでね。君を奴《やつ》から自由にできて、かつ今後俺の邪魔をしないように釘を刺せるのであれば、協力してもいい」

握手の手がすっと差し出され、玲司は力強くその手を握った。

ほっとして手を引こうとしたとき、大堂がなにやら怪《あや》しげな動きをした。

「わっ」

ぞくりと背筋に震えが走って、思わず握っていた手を振り払った。

「掌は性感帯の宝庫だそうだ。今のように指の間にも、なかなか有望なツボがあると聞いている」

「俺の身体で実験するなっ」

「いやそれくらいは役得がないと」

「なんだって？」

「最初は取引の条件に、その身体をもらおうかと思ったんだぜ。そっちもそのつもりで思わせぶりにしていただろう？　でも気が変わった。俺は芝浦と同じところにまで堕ちたくない。芝浦を失脚させる計画がうまくいって、君が自由になったら、改めて口説かせてもらう。もちろん、君には拒否権があるし、拒絶するからといって協力関係にヒビは入れない。これでも仕事と私事の区別はちゃんとつけられるんでね」

「……俺を抱きたいのか」

「抱きたいね」

「どうして」

間髪を入れず尋ねた玲司に、大堂も即答した。

「そそられる」

「俺のどこが……」

ごく普通の男として生きてきた。そそられると言われても、困惑するだけだ。

「君の高いプライドをへし折って跪《ひざまず》かせてやりたい。多分君と接する相手は、一度はそんな欲に駆られたはずだ。ただ、君自身に隙《すき》がないから、誰もつけ込めなかったんだろう。芝浦は何をしたんだ？」

何をした？

玲司は、二年前のことを苦々しく思い出した。そんなことまで打ち明ける気はさらさらなかったのに、つい唇からぽろりと言葉が滑り出た。

「父が入院して、かなり特殊な手術のために緊急に大金が必要になったんだ。たまたまそのとき、芝浦が他社の買収計画を持ちかけてきた。俺はそれを利用して株の売買を行い、巨額の利益を得た。いわゆるインサイダー取引だな」

「それが罠だったのか」

「ああ。芝浦は俺に金が必要になったことを知っていた。電話でのやり取りを録音され、株取引を行った記録や、銀行残まで押さえられて、逃れられなかった」

「お父さんの手術はどうだったんだ？」

聞かれて、はっと大堂を見た。そちらを気にしてくれるとは、まさか思わなかった。

「成功した。今は郷里に帰って悠々自適だ」

「よかったな。それだけでも、報われたじゃないか」

確かに、と玲司は頷いた。これまでその部分に思いが向かなかった。芝浦の手に堕ちはしたが、金は自由に使え、父親の手術代は払えたのだ。

しかも秘書の給料とは別に愛人手当だと、芝浦は半端でない金を毎月上乗せして渡して寄越す。玲司にとっては屈辱の金だ。

そんな屈辱にまみれた金など捨ててしまいたい気分で、マンションを購入したり、意味もなくブランドもので背広を揃《そろ》えたりしたのだが、金はさして減らないまま口座にある。

「そっか。じゃあ俺は、芝浦に感謝しなければならないのか？」

わざとらしく明るく言ったら、

「する必要はない」

苦々しい返事が返ってきた。

「矛盾しているぜ？　それ」

「矛盾でもいい。天秤《てんびん》に掛けるにしても、芝浦のしたことは負の方が絶対に多い」

大堂が吐き捨てるように言った。そのきつい言い方に、なんだか自分の言いたいことを代弁してもらったようで、気分がいい。

玲司は頬を緩ませ、柔らかな微笑を浮かべた。

「結局、それだな、芝浦が執着したのは。手に入らないから、なお欲しくなる」

「は？」

「ひとは、君が自然に浮かべる笑顔に期待するんだ。まるで春風のようなそれで、疲れた心と身体を憩わせてくれるのではないかと」

真顔で言われて、返す言葉に困った。

「……そのわりには酷《ひど》い扱いをされているが」

しばらくして苦々しく返したら、

「芝浦の前で、そんなふうに笑ったことはないだろう」

「当たり前だ。笑いたいこともないのに、笑えるわけがない」

「だから芝浦は余計癇癪《かんしゃく》を起こしているんだ。手に入れたつもりが、欲しいものには手が届いていないと。最初からやり方を間違えているのだから仕方がないが」

あの芝浦が癇癪！　大堂の穿《うが》った見方に、また笑いを誘われそうになった。見下した目でこちらを見ながら冷酷にいたぶる芝浦を思い出せば、そんなはずはないとわかるのだが。

「ばかばかしい」

と切り捨てても、内心では愉快で堪らなかった。

「それより、俺の方が聞きたいな。どうして芝浦はあんたをつけ狙うんだ？　まるで親の敵みたいなしつこさだぜ」

話をそちらに持っていくと、大堂はやれやれとため息をついた。

「それは、実は俺も知りたい。全く心当たりがないんだ。大学のときもさほど親しくはなかったし。

最初に会社を取られたとき、どうして俺が憎いのかと聞いてみた。そうしたら、理由がわからないことがショックだったようだ。で、いっそう憎まれる結果になった」

どうしようもないと肩を竦《すく》める大堂に、玲司はひとつだけわかった気がする。最初のきっかけはともかく、自らが拘《こだわ》った何かに、相手の大堂が全く気がついていなかったという事実が、いっそう芝浦のプライドを傷つけたのであろうと。

「子供の駄々につき合うのは疲れるから、できるだけ無視してきたが、なんであしつこいんだろうね」

最後はほとほと呆れ果てたと言わんばかりの大堂に、無視するからだ、と忠告するのは簡単だが。本当に芝浦は、どうしてそこまで大堂に拘るのだろう。

今の大堂には、何もない。すべて奪い尽くしておいて、しかし芝浦は、玲司に無体な情交を強いるくらいには苛立っていた。普段の、冷静沈着に物事を進める彼からはとても考えられない態度だ。

そのあたりに、もう少し探りを入れておく必要があるだろうと考えたとき、

「話を戻そう」

大堂が、飲みかけだったアイリッシュコーヒーを置いてから、真面目な顔で玲司を見た。

「具体的に、俺に何をさせたい？」

大堂の言葉に、玲司も真顔になる。そして以前から考えていた計画を話し始めた。

「まずはあんたにもう一度会社を設立してもらう。そして芝浦にあんたの復活を宣言してくれ。それ

だけで芝浦はきっと食いつく。あんたの会社を手に入れようと動くはずだ」

「なんだ、俺は罠のえさでいればいいのか？」

「芝浦にとっては、ものすごくおいしいえさだ。これまでも計画を進められそうな相手を物色していたが、芝浦が食いつきそうなえさが見つからなかったんだ。ああ見えて芝浦は、頭も切れるし用心深い」

「それは俺も認めよう。俺にバカな真似《まね》を仕掛けてこないときの奴は、確かに大企業の御曹司に相応しい。……とすると、試そうとしたことはあったんだ」

途端に玲司はそのときの記憶を蘇らせて、苦々しく眉を寄せた。

「相手に会った直後に、感づかれた」

「それはまた。芝浦は君の動きにずっと目を光らせているわけだ。それだけ手放したくないんだろうな」

しげしげと見られて、玲司はその視線を跳ね返すかのように激しく言い返した。

「そんなんじゃないっ。あいつはただ、俺をいたぶって憂さ晴らしをしているだけだ。俺が逆らえないのをいいことに。奴隷でも飼っているつもりなんだろう。そのときも三日間、裸で監禁された。俺が屈辱に震えながら膝《ひざ》を折って、せめて下着だけでもくれと言うまで、楽しそうに待っていたぜ」

大堂が黙ってしまったので、玲司ははっと我に返り、口を押さえた。なんだってこんな恥曝《はじさら》しな過去を、初対面も同様の男に話してしまったのか。感覚が麻痺《まひ》してしまったとしか思えない。

黙ったままの大堂に、玲司は不安を覚える。

「大堂……？」

「や、すまない。つい君のそれを思い浮かべて」

「なんだと！」

「違う違う。膝を突いて懇願するところじゃなくて、こう、裸でうろうろするっていうシチュエーションがだな」

咄嗟に叩こうと振り上げた手を、「や、すまん」と言いながら大堂が摑まえた。

「放せ、放せよっ」

身悶えして腕を引こうとしたが、どうしても抜けない。ここでも力の差を思い知らされる。

「放せば叩くだろう」

「当たり前だ！」

「叩かれると痛いじゃないか。俺は痛いのは苦手なんだ」

怒鳴っているのに、間抜けなやり取りに怒りが萎《しほ》んでいく。力づくでされていても、大堂のそれにはどこか労《いたわ》りがあり、振り上げた腕からも力が抜けていく。大堂はまだ用心深く腕を摑まえたまま、

「そりゃ、芝浦とでは嫌な思い出だろうが、たとえばだなあ、最愛の恋人に、好きなんだと束縛されて閉じ込められるっていうのならどうだ。あるいは、自分の部屋を好きな相手が素肌で歩いている、なんてのは。なんか、燃えるだろう？」

秘密めかして囁《ささや》かれて、ふと自分のされたことを置き換えてみた。

「まあ、そういう状況なら」

しぶしぶ認めた途端、大堂は共犯者のようにニッと笑った。

「な、そうだろう」

何がそうなのか、ごまかされた気がしないでもない。が、当初感じていた、言葉のいちいちにかちんとくることもなくなった相手とパートナーを組めるのは、上々のスタートと言えるだろう。

「仕事は明日から、ということで。バスルームはどっちだ？」

ちらりと時計を見た大堂は、バッグを抱えて立ち上がった。

他意なく場所を教えると、彼はバックを持ったまま歩いていき、ドアを開けた途端歓声が聞こえてきた。

「わぁお、ジャグジーが付いているじゃないか。ラッキー。……部屋は君の隣でいいから。あとバスタオルを出しておいてくれ」

は？　とこちらで玲司が首を傾げている間に、早々とシャワーの音がし始める。言われた言葉を反《はん》芻《すう》して、玲司は飛び上がった。どうやら大堂は、この部屋に泊まるつもりらしい。

「冗談じゃない」

慌ててバスルームまで突進した。ドアを引き開けようとしたが、一瞬全裸のシルエットが目に入って思い止《とど》まる。自分よりも逞《たくま》しい男の裸なんか、見たくもない。

取り敢えずバスタオルは必要だろうとそれだけは出して、いったんリビングに引き上げた。時計を見ると、深夜を過ぎている。今夜は泊めるのも仕方がないと諦《あきら》めた。

だが明日は、ホテルなりなんなりを手配して、出て行ってもらうのだ。

ひとの気配があると玲司は眠れなくなる。芝浦に犯されてから、神経が苛立つようになったのだ。

そんなところにも影響を感じて、ぎりっと歯を食いしばる。

長居させるつもりはないと知らせるために、空いていた部屋にではなく、ソファに枕《まくら》と毛布を出しておいた。

寝苦しいかもしれないが、一晩くらいは大丈夫だろう。

長風呂《ながぶろ》の大部分はジャグジーに浸《つ》かっていたらしい。大堂はスエットの上下を着て上機嫌で出てくると、居間に用意されていた寝支度にも何も文句は言わなかった。

玲司が大堂のあとから風呂に入りパジャマを着て自室に引き揚げるとき、大堂はソファにどっかりと座って勝手に取り出したミネラルウォーターを飲んでいた。

「お休み」

なんとなく声を掛けると、ひらひらと手を振ってくる。

こちらの思惑を了解したのだろうとほっとして、ベッドに横たわった。

向こうの部屋に大堂がいると思うと、なかなか眠りは訪れない。

明日は大堂の件で、芝浦が必ず探りを入れてくるはずだ。それを何食わぬ顔で躱《かわ》すには、こちらも気力を総動員する必要がある。少しでも寝て、体力の温存に努めなければ。

ようやくうとうとしたとき、ドアがかちゃりと音を立てて開いた。廊下の光が差し込んで眩《まぶ》しい。目を細めながら、咎《とが》めた。

「なんだ」

「眠れない。あのソファは俺には小さすぎる」

「文句を言うな」

「そのベッド、ダブルじゃないか。端っこでいいから入れてくれ」

「おい、冗談じゃ……っ」

がばっと身体を起こしたときには、大堂は隣に潜り込んでいた。そして玲司の方を向いてパジャマごと引き寄せる。

「ついでに言えば、俺は抱き枕がないと眠れないんだ」

「よせっ」

腹を抱え込まれ、自分の背と大堂の胸が密着する。よせ、やめろと暴れても、がっちり抱き込まれて逃れられない。先に二度、力の差を見せつけられていた玲司は、腕づくで追い払うのは早々に諦めた。

その代わり無理やり首だけを振り向けて、文句を言う。

「あんたは抱き枕がないと眠れないかもしれないが、俺はひとの気配があると眠れないんだ。どうせ一晩だけの我慢じゃないか。ソファで寝てくれ」

「嫌だ」

素っ気ない返事をしながら、大堂は鼻先を項に擦《こす》りつけてくる。

「いい匂いだ」

「ば……っ」

あげく、クンクンと鼻を蠢《うごめ》かしてそんなことを言ってくるから、カッと身体が熱くなった。

「心配しなくても、何もしやしないさ。当たっているからわかるだろう？　おとなしくしているじゃないか」

露骨に言って、腰まで擦りつけてくる。確かに勃ってはいなかったが、大堂のサイズは、通常でもかなり大きいのだと教えられてしまう。

「いいから寝てしまえ」

「だから、俺は眠れない……」

「気のせいだ」

根拠もなく断言すると大堂は抱え込む腕に力を入れ、玲司が逃れる道を完全に封じてしまう。ほどなく大堂の寝息が聞こえてきた。その寝つきの良さに呆れると同時に羨望《せんぼう》を覚えた玲司は、

「だから俺はひとの気配があると眠れないんだって」

呟《つぶや》きながら、大堂の腕を外そうとした。が、外れない。

寝ていれば力が抜けるはずなのに、大堂はしっかり玲司を抱え込んでいる。

「……たく」

困惑して、玲司は身体の力を抜いた。こうなったら徹夜を覚悟するしかない。と思ったのに、どうしてか、玲司はすとんと眠りに落ちてしまった。

芝浦の側では、どんなに身体が疲れていても、一睡もできなかったというのに、どうしたことだろう。大堂の気配には、昂った神経を和らげる鎮静作用でもあるのだろうか。


社員用通用口の少し手前で、玲司は立ち止まって聳《そび》え立つ本社ビルを眺めた。芝浦グループの総本山。

その中で次期総帥になるであろう芝浦泰憲《やすのり》の秘書に、一介の証券アナリストの立場から抜擢《ばってき》された玲司は、傍目《はため》には羨望の対象として映るだろう。

しかし、望まずしてその立場にいる玲司からすればただの牢獄《ろうごく》。籠《かご》に押し込められた鳥でしかない。

芝浦のものにされた直後は、自宅への送り迎えも玲司の役目だった。というより、ずっと自宅に留め置かれていて、同伴出勤をごまかすためにそういうことになったとも言える。

しかし、芝浦の側では眠れない玲司が、寝不足から体調を崩し、倒れて病院へ担ぎ込まれるという騒ぎがあってから、さすがに彼も考えたのだろう。抱いたあとは帰宅を許すようになった。

当然迎えの車も別の人間が担当することになり、少しでも芝浦から離れていられる時間ができたことで、玲司はほっとしたものだ。

芝浦の出勤時間にはまだ少し時間がある。玲司は警備員の立つ通用口から入ってタイムカードを押すと、役員用のエレベーターに乗って執務室に急いだ。

現在芝浦は、営業部長兼代表権のない取締役の地位にある。数年して現在の常務が引退したら、そのあとを継ぐことが決まっていた。そしてその次は、社長である。御曹司である芝浦の前途は洋々たるものだった。

今朝、自分の部屋で朝食を作って送り出してくれた、住まいもなくした大堂とは、雲泥の差である。が、玲司にとっては大堂は好ましく、芝浦は唾棄《だき》すべき存在だ。もちろん、あくまでも比較したらという前提での話だが。

昨夜、抱き込まれたまま眠った自分に、目が覚めた玲司は茫然《ぼうぜん》とした。どうして眠れたのだ、と。

しかも目が覚めたのは、いつもの時間よりかなり早い。

ベルが鳴る前から目が覚めるのは、年に何回かしかない快挙だ。意識がはっきりするに従い、玲司はそこはかとなく漂ううまそうな匂いにつられた。ふらふらと部屋を出てキッチンへ向かう。

ずらりと並べられた朝食にもう一度目を丸くして、勧められるままに箸《はし》をつけた。

「うまい」

炊きたてのご飯、焼いた鮭《さけ》、卵と味海苔《あじのり》、わかめと豆腐のみそ汁。

玲司は朝食は出勤の途中でモーニングサービスを取ることにしている。作る暇があれば寝ていたいタイプだ。当然冷蔵庫にはろくな食材がなかったはずだ。尋ねると大堂は、「コンビニで調達した」と澄まして言った。

金を渡そうとしたが受け取らない。出勤時間が迫っていてそれ以上言い合っている暇がなく、金はテーブルの上に置いた。

大堂には会社を設立する準備を始めておいてくれ、と言い残してマンションを出た。

もうひとつ、

「今日中にホテルを探して移動してほしい。カードキーはコンシェルジェに渡してくれればいい」

と告げはしたが、

「この金で晩飯を作っておいてやるからな」

出かける玲司の背中に手を振っていた大堂は、そのまま居座っていそうな気がする。

自分は、帰宅したときに彼がいることを望んでいるのだろうか、それともいないことを望んでいるのか、わからない。我が心ながら、なかなか不可解だ。

そんなことをつらつらと考えながら、部長室とひと繋がりになっている秘書室のドアを開いたとき、玲司はそのままの姿勢で固まった。

芝浦がいたのだ。境のドアが開け放たれ、執務室の窓に凭《もた》れ掛かるようにして腕組みをしている。

皺ひとつないオーダーメイドの背広を身につけ、袖から覗《のぞ》く時計はブルガリの一品もの。

玲司がドアを開ける音に気がついたのか、窓から外を見下ろしていた視線がゆっくりとこちらを向いた。

鋭い眼差《まなざ》しである。甘さのない厳しい目。顔立ちはシャープで、無駄のないラインで構成されていた。端整な美男と言えるだろう。

頭も切れ、御曹司でありながら実力派と言われている。常に冷静で、この男が取り乱した様子を見せたのは、大堂とやり取りしたあのときのみ。

身長は玲司よりも高く、大堂ほどはない。何度も抱かれているから、一見スマートな身体は着やせして見えるだけで、ほどよく筋肉質なのだと知っている。

女性から見れば、まさに理想的な恋人候補と言える。そんな男が、同性である自分を抱いているとは、誰も思わないだろう。

こんなに早くから芝浦が出てきているのは、きっと大堂の件に違いない。

内心覚悟を決めた玲司は、軽く息を吸ってから静かにドアを閉め、芝浦の前に進んだ。猛禽《もうきん》のような目が、じっと玲司を見据えている。

「おはようございます。遅くなりまして、申し訳ありません」

理由はともかく、上司に遅れて出勤する部下は、無能と言われても仕方がない。芝浦の目的を薄々わかりながらも、玲司はまず頭を下げた。

「遅くはない。わたしが早かっただけだ。簡単に頭など下げるな」

癇《かん》に障ったように叱責《しっせき》される。昨日さんざんこの身体で憂さ晴らしをしただろうに、芝浦の機嫌は直っていない。

「昨日はあれから何処《どこ》にいた」

そらきた、と玲司は平静な顔で芝浦を見上げた。尋ねられ方から、少なくとも尾行がなかったことを確認してほっとし、しかしまだ油断させる手かもしれないと気を引き締める。

「家におりましたが」

「いたのなら、どうして電話に出なかった」

「電話？　鳴りませんでしたよ？」

明らかに引っ掛けだ。芝浦は、玲司が大堂と接触したと頭から決めつけている。家にいたはずがないと。

確かに彼を連れ帰るまでは留守をしていたが、あとはずっと在宅していた。留守の間も転送機能を利用しているから、電話が鳴っていないことはわかっている。

玲司の平静を崩せないとわかると、芝浦は舌打ちし、凭れていた窓枠から背を離した。椅子に腰を下ろすのを見てから玲司は、

「コーヒーをお持ちします」

と頭を下げた。待て、とは言われなかったので、そのまま部屋を出て給湯室に向かう。湯を沸かし、

コーヒーを淹れて引き返した。

芝浦の前に差し出すときは、細心の注意を払う。うっかり手が震えでもしたら、ますます疑われてしまう。

「家にいたのなら、大堂とはどうやって連絡を取り合ったのだ？」

ちょうどカップを載せたソーサーを置く寸前で、芝浦が質問する。玲司はしっかりした手つきでそれらを置く。そのあとで、

「なんのことでしょう」

としらを切った。と、その腕を掴まれて引かれ、机の上に半身を乗り出す体勢にされた。至近距離で顔が見合う。瞬きひとつしない芝浦の目は、玲司の奥底までを暴こうと睨みつけてくる。

「大堂の行方がわからない。おまえなら知っているだろう」

息がかかる近さで、糾弾される。

「どうしてわたしが……」

しらばくれる玲司を、芝浦が冷笑する。

「おまえが大堂に目をつけないはずがない」

決めつけられて、玲司は唇を歪めた。

「確かに、目をつけました。しかし、連絡をつけようにもすぐには動けませんでしたのでね、ご存知のように。やっと自由になって捜したときには、彼の行方はわからなくなっていましたよ。あなたの

方こそ、それほど大堂に拘っておれらたのなら、どうして尾行するよう指示されなかったのですか？」

「うるさい」

痛いところを突いたのだろう、芝浦は唸《うな》るように言って、玲司を突き放した。

この様子では、大堂の居場所はばれていないな。

内心でほくそ笑んだことなど微塵《みじん》も表さずに、多少乱れた服装を整え、

「本日のスケジュールを確認させていただいてよろしいでしょうか」

といつもの平坦《へいたん》な声で尋ねた。

まるで穴が開くのではと思うほど凝視されても、玲司は表情を変えない。

「……いったい何が不満なのだ。その年でわたしの秘書という立場は、誰が見ても羨望する地位だぞ。給料も並の社員よりも高く設定してあるはずだ」

嘆息するように言われて、かっと怒りで身体が熱くなる。込み上げる罵倒《ばとう》の言葉を呑み込んで返す言葉は、激情を抑えつけているとは思えないほど冷ややかだった。

「自分で望んでここに来たのなら、そうでしょうね。しかしわたしはそれまでしていた仕事が好きでしたし、誇りを持って取り組んでいました。自らの力での昇進であれば喜んで受け入れますが、愛人として仕えながら、そのお情けでなるような秘書など、間違っても望むわけがありません。それにこの程度の仕事なら、誰にでもこなせます」

「……では、どうしたらよかったと言うんだ」

言いかけて、芝浦は口を噤んだ。不機嫌そうに玲司を睨んでから、顔を背ける。

「秘書としてもだが、愛人としてもなかなか優秀な素質はあったようだな。毎回艶やかに啼いてくれるから、こちらとしてはたいそう満足している」

玲司は両脇《りょうわき》で握った拳に力を入れる。爪《つめ》が掌に食い込むほど強く。そうして、今にも噴き出しそうな感情の迸《ほとばし》りをかろうじて抑えた。芝浦の目の前で逆上するさまを見せるなど、プライドにかけても断じて許せない。

「昨日も、燦々《さんさん》と日が降り注ぐ明るい大堂のマンションの部屋で、一糸まとわず素肌を晒して喘ぎながら『イかせてください』と哀願していたな。何度もいやらしく身体をくねらせておねだりする姿は、なかなかの目の保養だったぞ」

「……満足していただけて幸いです。それで今日のスケジュールですが、確認、よろしいでしょうか？　あまり手間取ると最初の予定に間に合わなくなるのですが」

声は少し掠《かす》れたかもしれない。しかし、芝浦がさらに不機嫌になったところを見ると、感情の揺れはぎりぎりのところで抑え込めたようだ。

「わかった、話せ」

芝浦の許可が出て、玲司はようやく今日の仕事のスタートを切ることができた。胸の内が嵐のように激しく波立っているとは、傍目には全くわからない涼しい表情で、スケジュールの確認を取る。

「それでいい。が、最後のそれはキャンセルしろ」

「え？」

「会社をひとつ手に入れたんだ。祝杯を挙げたい。尽力してくれた我が有能な秘書とね」

つまり、抱かれに来いということだ。芝浦の思い通りに振る舞わなかったことで、陰湿な責めがまた延々と続くのであろう。

昨日も今日もでは、身体が悲鳴を上げてしまう。大堂との打ち合わせもできない。しかし玲司は無表情のまま、

「わかりました。ケイタリングはどうされますか」

と返した。従うしかないことを、この二年で叩き込まれている。

「そうだな。メインディッシュは君をいただくとして、つまみ程度はあった方がいいだろう。君を飾り付ける素材になるかもしれないから、材料は吟味するように言ってくれ。ついでに君が喜ぶようなグッズも揃えてもらおうか。自分のことだから、何がいいかわかるな」

気取った言い方で、最悪の未来を描いてみせる。

「ああ、なんなら明日は有休が取れるように、今から手続きしておいてもかまわない。秘書の代わりはいくらでもいるそうだから、一日くらいはわたしも君の不在に耐えられるだろう」

最後の言葉は、当てつけのように告げられた。目にはどす黒い怒りが透けて見える。

口腔《こうこう》がからからに乾いた。もう一度、

「わかりました」

と返すのに、声を振り絞らなければならなかった。

大堂がいるという事実だけが、そのときの玲司を支えていた。彼を利用すれば、きっと芝浦から逃れられると。


一日の業務を終え、芝浦が一人で暮らしている自宅へ連れ込まれ、堪えがたい陵辱に晒されても、玲司は挫けなかった。もう少しだ、計画さえうまくいけば、という一筋の希望に縋《すが》りつくようにして、玲司はその夜を耐えた。

深夜を過ぎ、ようやく解放された玲司は、最後の責めで意識を飛ばしていた間に、芝浦に後始末をされていたのに気がついて、ぞっと身体を震わせた。

意識のあるときにさんざんな目に遭わされたことを思うと、意識のない間には何をされたかと慌てて自分の身体を点検する。

「何もしていないさ。綺麗《きれい》にしただけだ。抱いて寝るのに、肌がべとついているのはごめんだからな」

苦々しく呟いた芝浦はシャワーを浴びてきたのか、バスローブ姿だ。

「抱いて寝る？　冗談でしょう。あなたの側では眠れないことは実証済みです」

「明日は、いや、もう今日か。休みだから、一晩眠れなくても平気だろう」

「帰ります」

芝浦の言葉に耳を傾ける気はない。玲司はゆっくりと上半身を起こし、しばらくベッドに手を突いて目眩《めまい》を堪えた。それからのろのろと足を下ろしていく。

目捜しして、自分の着ていたものがあちこちに散らばっているのを見つけた。確か今夜はシャツは引き裂かれていないはずだ。

感情が激したとき、芝浦は玲司を括《くく》りつけ、抵抗できないようにして、そのとき着ていた服をめちゃくちゃに切り裂いたことがある。

自分に対してそうも腹が立つなら、なぜ手許に置こうとするのだろう。解放して忘れた方が、芝浦自身にもいいことだと思うのだが。

よろよろと壁を伝いながら下着に辿り着き、苦労してそれを穿いた。シャツにソックス、背広の上下。

「そんなによたついていては、家に帰るのは無理だろう。今夜だけでも泊まっていけ」

「けっこうです」

素っ気なく返しながらようやく捜し当てたネクタイは、最初手首を、そしてあとで局所を縛められていたせいで使いものにならなくなっていた。

家に帰ってから捨てようと、ポケットに突っ込んだ。

「どうしてそこまで強情を張る。わたしがいて眠れないなら、隣の部屋で眠ればいい」

堪りかねたように言う芝浦に、玲司は冷ややかな顔を向ける。

「まっぴらですね。あなたと同じ空間にいるだけで、堪えられない」

「わたしに突っ込まれて、よがりまくって喘いでいたくせに」

シャツのボタンを嵌めていた玲司の手が止まった。

「『もっと』とか、『挿《い》れて、イかせて』とわたしの腕の中で啼いていたのは誰だ」

「ひとに聞いた話ですが」

止まっていた手を動かしながら、玲司は芝浦の罵倒が聞こえなかったかのように淡々と言った。

「風俗で前立腺マッサージ、というサービスがあるそうです。男ならそれを施されると誰でもイきまくりになるそうですよ。あなたも試してみられたら？」

「な……っ」

芝浦の手が振り上げられた。玲司は静かな目でそれを見る。

「力で支配しても、いや、そうされるからこそ、必ず逃げてやるという気持ちが強くなるだけだ。あなたもいい加減それを悟ったらどうですか」

芝浦が、振り上げた手を握り締めた。拳がぶるぶると震えている。だが結局振り上げられた拳は、側の壁を叩いて終わった。

「どうして、なぜなんだ！」

歯噛みする芝浦には目もくれず、玲司は壁に手を突きながらゆっくりと歩き出した。この部屋から、この家から、そして芝浦の手から離れていく。

ドアを閉める寸前、

「だがおまえは逃げられない。わたしが証拠を握っている限り。支配し続けることで、わたしはおまえを自由にできる。絶対に逃すものか」

怒りを含んだ声で宣言された。

玲司は黙ったまま後ろ手にドアを閉ざす。芝浦の声も存在も、こうして断ち切れたらどれだけ清々するだろうと願いながら、重い身体を引きずるようにしてエレベーターに乗り込んだ。

このマンションにもコンシェルジェが二十四時間常駐している。ロビーの椅子に腰を下ろして、タクシーを呼んでもらった。

待つ間、ぼんやりと大堂のことを考える。まだマンションにいるだろうか。それとも、どこかホテルを見つけて出ていっただろうか。

芝浦の追及がますます厳しくなることを思えば、ホテルのようなすぐ見つかるところは避けて、自分のマンションに匿《かくま》う方がいいのかもしれない。

もしまだいたら、前言を撤回して出ていくなと言おうか。

座っているとそのまま睡魔に引き込まれそうになる。

あれほどいたぶられたのは、芝浦を怒らせたからだとわかっていた。大堂に関する事実をごまかすためには、言いなりにおとなしく抱かれた方がよかったのかもしれない。

いや、そんなことをしたら猜疑心《さいぎしん》の強い芝浦は、逆に確信を深めるだろう。

いつもの自分でよかったのだ。芝浦はきっと、こっちが大堂を捜すと予想して調べるだろうが、すでに協力関係ができているとまでは思わないはずだ。

とにかくこのまま、大堂をえさにして、以前から考えていた罠を作り上げるんだ。

ようやく来たタクシーに乗り込み、ほっと背中を預けながら住所を告げる。

直通エレベーターで部屋のある階に上がり、ドアを開けたところが、体力の限界だった。差し伸べられた腕に身体を預けるようにして、玲司は意識を失った。

ちゃぷんと水の音がした。とろりと耳に染み込んでくるのは、誰かが低い声で口ずさむ子守歌。歌詞が聞き取れないので、鼻歌なのかもしれない。

子守歌？　と思った途端に、ようやく意識が覚醒《かくせい》した。

玲司は、背後から抱えられるようにして湯に浸かっていた。ジャグジーの気泡がほどよく身体を刺激して、張り詰めた筋肉の凝りがゆるゆると解《ほぐ》されていく。

ちらりと見上げたら、抱いているのはもちろん大堂で、意識のない身体が湯の中に滑り落ちないようにしっかりと支えてくれていた。

「ん？　気がついたか？」

上げた視線を戻すと、鬱血の痕が散ったぶざまな自分の身体が目に入る。泡と入浴剤のおかげで、下半身が見えないのが救いといえば救いだ。今さらと思っても、抱かれた身体を明るい中で見られるのは、居心地が悪い。

しかも自分は全裸だが、背後の大堂はTシャツとボクサーショーツを穿いている。こちらだけが弱みを晒しているようで、さらに居たたまれない。

「子守歌で目が覚めた。あんたの子守歌は、寝つかせるという役目を果たしていない」

照れ隠しもあって辛辣に言うと、

「子守歌？　違う。俺が鼻歌にしていたのはベートーベンの第九だ」

大堂がショックを受けたように訂正してきた。

「は？　シューベルトの子守歌じゃないのか」

玲司が訝しそうに振り返ると、その面前で大堂が黙ってしまった。むっと顔を顰めている。

「……どうせ俺は音痴だよ」

やがて彼は拗《す》ねたように呟いた。

「いや、それは……」

第九と子守歌では、音程も音調も全く違う。しかし自分の耳にはそう聞こえたわけで。思わずクスリと笑ってしまった。

「笑った……」

大堂に指摘されておかしい気分が増幅し、ますます顔が緩んでいく。彼の側にいると、不思議に気持ちが和むのだ。芝浦の側でぎりぎりと張り詰めていくのと、ちょうど正反対の作用だった。

「やっぱり君の笑顔はいいな。笑えるなら、もう大丈夫か」

その言葉で、玄関に入るなり倒れた己の不覚を思い出す。かなり心配させたらしい。

「すまない。迷惑を掛けた」

「迷惑、じゃあないな。役得、というか、まあちょっぴり困ったこともあるが」

大堂が鼻先をポリポリと掻きながら自己申告する。

「悪いが勃っているんだ。あ、もちろん心配しなくても、襲ったりはしない。ちゃんとシャツとパンツでガードしているからな。安心して凭れていろ」

芝浦にさんざんな目に合わされて、男なんか冗談じゃないと思っている。自分はもともとノーマルで、男としたいとも思わないし。

なのになぜだろう。安心させようと気遣って言われた大堂の言葉に、反発心が湧《わ》き上《あ》がってきた。

「別の人間に汚された身体には、触れたくないと？」

低い声で大堂を詰った。

「そんな意味じゃない」

慌てたように大堂が言い訳する。

「今だってこうしてちゃんと……」

触れていると言いかけたのを、

「一方が着衣では触れ合っているとは言えないだろう」

辛辣に指摘した。

「や、それは……」

大堂が困惑している。困らせているのは、言い掛かりをつけている自分だ。わかっている。だが、言葉が止まらなかったのだ。

と、背後から伝わっていた穏やかな気配が一変した。

「触っていいのか？　一度触れると止まらないぞ。嫌だと言っても、抗っても」

恫喝《どうかつ》を含んだ荒い声だ。感情を抑えているせいか、声がひずんでいる。玲司がいいと言ったら、放たれた野獣のように襲いかかられそうな怖さがある。

それを感じていて、どうして「いい」などと言ってしまったのか。

玲司が頷いた途端、大堂は荒々しく彼を突き放した。湯船の反対側に押しやられ、縁にしがみつくようにして振り向いた。

その目を捕らえ、じっと見据えながら大堂は立ち上がり、シャツを脱ぎ捨て、腰からボクサーショーツを引き下ろす。

「すご……」

厚く筋肉の盛り上がった、がっしりした胸は予想通りだ。そして視線の先には、体格に似合った凄《すさ》まじい昂りが、隆と聳え立っていた。

玲司は自分が挑発してしまった結果に、ごくりと喉を鳴らした。

大堂が、すっと腰を落とす。玲司の腕を摑んで引き寄せた。

正面に引き据えられて、情欲で燃え上がった目で覗き込まれる。

「ほんとにいいんだな」

念を押すように尋ねられて、もし嫌だと言ったらまだ大堂が引いてくれる気であることがわかる。

この男なら、絶対に無理強いはしない。

強張《こわば》りかけた身体が、柔らかに撓《たわ》む。玲司は、自分から顔を近づけて大堂の唇にキスをした。

どうして自分はこんなことをしているのだと、密《ひそ》かに首を傾げながら。

軽く口づけて引こうとしたのを、頭を押さえつけられて貪《むさぼ》られた。

膝の上に対面で抱え込まれ、口腔をいいように嬲《なぶ》られた。舌は縦横に這い回り、歯列をなぞり顎の内側を突つき、玲司に呻《うめ》き声を上げさせる。

習慣で喉声を押し殺そうとした玲司に、

「これは無理やりじゃない。望んでしているんだろう。感じたなら声を出してもいいんだ」

大堂が僅《わず》かに放した唇で囁きかけてくる。返事をする間もなくそのままもう一度口づけられ、逃げようとした舌を搦《から》め取られた。強く吸われて、びりっと電流が走る。

「ふ……、んっ」

唇を塞《ふさ》がれているから、鼻から艶めかしい息が漏れた。縋るものを求めて、玲司は自分から大堂の肩に手を伸ばす。

大堂はひとしきり玲司の口腔を荒らして、顎に舌先を伸ばしていった。かと思うと、位置をずらして耳をしゃぶりにくる。耳朶《じだ》をねちゃねちゃと嬲られ、項に伝い下りていった唇が、軽く歯を立てて移動する。

しかし痕が残るほど強くは噛まない。

物足りなくて、自分から喉を上げた。滑らかな肌を晒し、大堂の舌を導く。軽く笑った気配を感じて、閉じていた目を開けると、大堂の食らいつくしそうな眼差しに捕らえられた。

「今は我慢しておく。ほかの男の痕を見た芝浦が逆上して、何をしでかすかわからないからな。……これ以上君がいたぶられるのは見たくない」

貪欲《どんよく》に欲しがる目の光とは裏腹に、大堂の言葉は思いやりに満ちていた。

「いい、好きに……して」

言いながら玲司は、自ら身体を押しつけていった。

「我慢できるような情ならいらない。もっと欲しがって」

「君が軛を振り切って、完全に自由になったらそのときは……」

言いさして、大堂は愛撫に戻った。手は玲司の陶器のような滑らかな肌を狂おしく味わい、唇がそ

のあとに続く。

胸の尖《とが》りを舌で突つかれ吸われると、えも言えぬ快感が背筋を往復する。

じっくりと炙《あぶ》られるような愛撫で、すでに絞り尽くされたと思っていた玲司のそこが反応した。

僅かに勃ち上がった昂りを、大堂は嬉《うれ》しそうに掌に受ける。

「一緒にイこう」

ゆっくりと揉み込まれて、反応は鈍かったがそれでも少しずつ硬さを増していく。仕込まれた悲しさで、そうなると後ろにも愛撫が欲しくなる。

「こんな身体には、なりたくなかったんだ」

切なく呟きながら、大堂の手を取り、そっと己の窪《くぼ》みに導いた。

「嫌でなければ、触って……」

「嫌じゃない。むしろ欲しい。だが……」

指の挿入に大堂は躊躇《ためら》った。

「いいから」

触れられただけでぴりっと痛みの走るそこは、傷ついているのだろう。情欲を漲《みなぎ》らせながらも、躊躇うところに大堂の思いやりを感じる。

尻に当たる彼の昂りの大きさを思えば、おそらくぎりぎりのところで自らを制しているはずだ。その鉄の自制心に感心する。

「記憶を、塗り替えて欲しい。無理やりされて感じるのではなく、自分から欲して感じるのだと」

だから、そのたがを外すよう誘惑する。言いながら、そうだったんだと自分で納得した。大堂を挑発したのは、芝浦の記憶を大堂の記憶で消してしまいたかったのだと。

大堂が指を挿れてきた。これ以上傷口を広げないように慎重に進んでくる。それは、そこで感じることを知っている身体には、ひどくもどかしい動きだった。

玲司は自分から腰を揺すった。指がいいところに当たるよう、位置をずらしていく。大堂がふっと微笑んだ。抱き寄せて、唇を押し当ててくる。

「感じるなら、声を聞かせてくれ」

「男の喘ぎ声など、みっともないだけだ」

「そんなことはない。聞きたい……」

睦言《むつごと》のように囁かれて、玲司は硬く閉ざしていた唇を解いた。

奥に差し込まれた指が、こりこりした部分を探り当てる。そこを突かれると仰け反って身悶えせずにはいられない。同時に甘い声が零れ落ちた。

「あぁ……っ、いい……、んっ」

玲司の動きで、湯がパシャンと撥《は》ねた。

大堂が屈み込むようにして胸の尖りを口に含んだ。指はいったん引いていったあと、二本になって戻ってきた。そして昂りに触れた手が、次第に刺激を強くしながら扱《しご》き上げてくる。

「あ、あ、……やぁ」

次々に口から出ていく艶声《えんせい》は、玲司が感じていることを示していた。

湯気と汗で濡れた髪が額に張りつき、艶めかしい風情を醸し出している。三カ所を一度に刺激されて、無意識に身体を捩りながら上り詰めていく。

だが先ほどまでの荒淫《こういん》で、最後の階《きざはし》を飛び越えることができない。

快感が逆流するように身体中を侵し、玲司は苦しそうな息を吐く。

「なんとかして」

と大堂にしがみついた。

「苦しい……、イき…たい。でも……、イけない」

自ら腰を揺すり、それでもイけない苛立たしさに、力の入らない手で大堂を叩く。

「イかせてやる」

集中して攻めていたすべてをいったん引き、大堂は玲司を湯船の縁に摑まらせるようにして膝立ちの姿勢を取らせた。そして両腿をきつく閉じるように両側から手を添え、背後から覆い被《かぶ》さったのだ。

「な、に……？」

閉じた腿《もも》の間に熱くて硬いものが差し込まれる。それは、玲司の昂りの裏筋や、袋から蕾《つぼみ》に至るひどく脆《もろ》い部分を凄まじい勢いで擦り上げてきた。

「ああっ」

縁に摑まった手に、ぐっと力が入る。腰を背後に突き出すようにされ、腿の間を大堂自身が何度も往復する。その間に昂りをこね回され、乳首を引っ張られ、項を甘嚙みされて、快感があちこちから湧き起こった。それらが一気に脳髄《のうずい》まで駆け上がり、熱く焼き尽くしていく。

白熱の光が脳を包み込む。挿入もされていないのに、蕾の奥が感じていた。

前と後ろと、そして身体のあちこちに散らばる性感帯を、大堂は的確に次々に刺激してくる。

中途半端に勃っていた昂りが、どくどくと脈打ち始めた。今にも弾けそうに硬くなる。

「イけそうか」

後ろから回した指で乳首を抓《つね》りながら、大堂が聞いてくる。

「あ、やぁ……っ」

答えるどころではなかった。湯が揺れ動き、縁を越えて零れていく。背後から激しく突かれ、玲司自身も身を揉むようにして上り詰める。

「や、イく……、イく」

譫言《うわごと》のように呟きながら、身体を突っ張らせる。仰け反ると大堂の厚い胸に受け止められた。

「俺も、イくっ」

大堂が腰を激しく動かし、玲司の昂りを擦り立てた。越えられなくて苦しんだ高みを、ふたりで一気に飛び越えた。

「あぁぁぁ……っ」

玲司は首を振り、声を上げながら達した。そのまま長い失墜感に心と身体を浮遊させる。

大堂が湯を抜き、頭からシャワーを浴びせかけた。さっと洗い流してから、改めて湯を入れる。次第に湯が溜まっていった。

その間も凭れ掛かっている背後から、ほっとするような温かみが、伝わってきた。大堂が揺るぎなく受け止めてくれたから、安心していられる。

男にされて感じるなどとんでもないと思っていたのに、相手によるのだとわからされた。指の先まで心地よさに包まれ、屈辱を感じるどころではなかったのだ。

こういうセックスなら……。

忘我の境地から、なかなか下りてこられない。本当に気持ちがよくて、意識がゆらゆらとたゆたっているのだ。

背後から大堂が悪戯《いたずら》している。項に唇を擦りつけたり、指で敏感になっている乳首を突いたり。

安心しきって任せていると、かちりと身体の中にあるスイッチが入った。

「また欲しくなった」

こちらが言おうと思った言葉を、先に言われてしまう。

「俺も……」

振り仰いで告げると、腰の下にあった大堂のモノが瞬く間に成長していくのがわかった。

「にしても、少し絶倫すぎないか？」

わざとらしくからかってやると、

「まあ、それだけあんたが色っぽいということで」

悪びれもせずに言い返してきた。

玲司は手を伸ばして大堂のモノにそっと触れた。火傷《やけど》しそうなほど熱い。

できるか？

自分に問い掛け、想像の中でもさして嫌悪感がないことに驚いた。

芝浦とのときはいつも、先端を口にしただけでえずいてしまい、長々と苦しめられたのだが。

玲司はするりと大堂の膝から下り、促してバスタブの縁に腰を掛けさせる。

「何をする気だ？」

本当にわからないらしく、大堂が見下ろしている中、玲司は薄く微笑んで、目の前にある熱い昂りに手を伸ばした。

「おい、よせ……」

「逃げるな」

咄嗟に昂りを握って大堂の動きを封じた。そのまま顔を近づけていく。最初は舌でぺろりと舐めてみた。大丈夫だ。

次は先端を口に含んだ。割れ目のところに舌を押し当てると、それだけで苦みのある液体が滲《にじ》み出てきた。

口に含んだまま見上げると、大堂が「うっ」と低く呻き、押し上げてきた液体が口の中に広がった。

「だめだ、見ているだけでイきそうになる」

吐息をつきながら、大堂は玲司を抱え上げた。口からぽろりと零れてしまった昂りを、玲司は未練そうに見る。しゃぶるのに、なんの抵抗もなかった。舐めてこの男をイかせてやりたい。

考えると同時に身体が動いていた。大堂の手を押しやりもう一度湯船に膝を突く。相手の腰を抱えるようにして唇を寄せていった。今度は最初からすっぽり口腔に収める。舌でしゃぶるようにして、吸い上げた。

大堂が押し退《お の》けようとしてか、玲司の頭に手を置いた。その瞬間を狙ったように、先端に尖らせた舌を押しつけた。

どくりと熱い飛沫《ひまつ》が口腔に広がる。大堂が玲司の髪を摑んだ。下から見るとまるで苦痛を堪えるように眉を寄せて、達するのを踏み止まったようだ。

我慢しなくていいのに。

それが不満な玲司は、口に入りきらない部分は手で刺激し、懸命に舌を使って大堂をイかせようと図る。初めての愛撫だから当然つたなくて、自分がされていいところを探りながら大堂に施していく。

それが、大堂には逆によかったらしい。口の中で舐め回していた大堂が、一気に膨れ上がった。上り詰めようとした自分自身に、慌てたように大堂が腰を引こうとしたのを無理やり引き留めて、敏感な先端を中心に強く吸引した。

「うぅ……、くっ」

奥歯をぎりぎりと食いしばった呻き声を漏らし、大堂の身体が硬直し、そして諦めたように弛緩《しかん》した。

夥《おびただ》しい蜜液《みつえき》が玲司の口の中に広がる。独特の苦みのある液体に噎《むせ》せながら、半分くらいは飲み干した。

「ば……、出せ」

今度こそ力ずくで引き寄せられて、口に指を突っ込まれる。中に残っていたものを吐き出させようとしたのだろうが、玲司は悪戯っぽくその指を舐めることで、すでに手遅れであることを教えた。

「飲んだのか……」

大堂の口から深いため息が漏れた。

「まずかった」

感想を述べた玲司に、

「当たり前だ」

憮然とした返事が返ってくる。

大堂は、玲司の濡れた肌に額を押しつけた。

「男はダメなんだろう。無理はするな」

「してない。あんたのは全然嫌じゃなかった。不思議だな」

首を傾げながら言った玲司に、

「それはな、つまり……」

大堂が何かを言いかけたが、首を振って途中で止めた。

「いや、多分まだ時期尚早なんだろう。そのときが来て、君自身が気がつくまで待つさ」

その代わりに呟いた内容は、玲司には意味不明で、

「なんのことだ？」

と聞き返しても、

「そのうちにな」

という返事しかもらえなかった。

「そろそろ上がろう、すっかりのぼせてしまった」

大堂は話を切り上げると、玲司を支えるようにして立った。

「歩けそうか？」

「さあ、どうだろ」

正直自信はなかった。芝浦のところから帰るのでさえ、へろへろだったのだ。

さらにこんな体力を使うことをして、再び達したりもしたから、腰が抜けているかもしれない。

そう告げると、大堂は先にバスタオルを取りに行き、玲司をくるみ込むと、軽々と抱え上げてしまった。

「うわっ、落ちる」

濡れた身体は滑りやすい。玲司は慌てて大堂の首にしがみついた。

「大丈夫だ。絶対に落とさない」

断言してしっかりと抱きかかえた玲司を、大堂はベッドに運んで行った。そっと下ろしたあと、タオルを引き抜き、今度は上掛けで包んだ。

「俺は裸で寝る趣味はないんだが」

ぼやいたけれども、かいがいしく世話をされて、文句も喉の奥に引っ込んでしまった。玲司が手渡されたミネラルウォーターを飲んでいる間に、大堂はドライヤーで髪を乾かしてくれる。綺麗に乾いた髪を手ぐしで整えられるその感覚に、うっとりと目を閉じた。

「眠たいのか？」

「いや」

と答えたものの、一度目を閉じるともう開けたくなかった。考えてみれば、身体は疲れ切っている。そのまま眠りに引き込まれていった。

「明日も仕事か？」

と聞かれ、

「休みだ」

と夢うつつの中で答えた気がする。大堂が手の中からミネラルウォーターの瓶を取り上げてくれ、布団を掛けられた。

睡魔の心地よさに捕らえられる寸前、大堂が横に滑り込んできた。抱き寄せられ、温かな胸に頰を預ける。身体をぴったり寄せ合うようにして、玲司は完全に寝入ってしまった。

夢も見ない健やかな眠りだった。


目が覚めた玲司はまたもや茫然とする。傍らにひとの気配があるのに、熟睡してしまった。

みそ汁の匂いがここまで漂っている。大堂が朝ご飯を作ってくれているのだろう。料理自体は嫌いではないが、何しろ時間がなくて、ほとんど外食の玲司からすれば、まめだな、と感心する。

そういえば昨夜、大堂は夕食を作って待っていてくれたのだろうか。

芝浦に拘束されていたために、深夜まで帰宅は叶《かな》わなかったが。

布団を避《よ》け、起き上がろうとしたが、膝が震えて立てないのには笑ってしまう。主に芝浦のせいだと言えるが、そのあとの大堂との記憶が、屈辱を薄めてくれていた。

ベッドに腰掛けたまま、玲司はどうしたものかと考える。今の状態では伝い歩きも難しい。今日が休みでよかったと思う半面、わざわざ休みを押しつけてまで、ここまで痛めつける芝浦には、改めて怒りが湧き上がる。

ドアが開き、大堂が入ってきた。すでにシャツとスラックスに着替えている。

「起きていたか」

ベッドに腰掛けている玲司を見て、顔を綻《ほころ》ばせながら近寄ってきた。

「立てないんだろう」

楽しそうに言われて、むすっと大堂を見上げた。

「誰のせいだ」

動けないのは、多少は大堂のせいもある。

「俺のせいだな」

笑いながらすべてを引き受けた大堂は、そう言うことで芝浦を否定し、玲司の抱える傷ごと柔らかくくるんでくれる。反射的に唇を綻ばせてしまった玲司を見て、大堂はさらに破顔した。

「メシ、できてるぜ。昨日の残りもあるんだが。ご飯だけは炊きたてだ」

やはり待っていてくれたのか、とまたぽっと心が温かくなる。

着替えを揃えてもらい、手を借りて洗面も済ます。ダイニングへ行くと、みそ汁とご飯が待っていた。昨夜は八宝菜だったらしい。それに今朝は、スクランブルエッグがふわりと載せられて、温めただけとは思えないほどおいしそうに見える。

食べながら、芝浦が大堂の行方を捜していることを告げると、

「ここにいない方がいいのかな」

箸を止めて考え込んでいる。

「いや、いた方がいい。ホテルにいるより見つからないと思う」

「ホテルに行くつもりはなかったが」

言いながら大堂は、意味ありげに玲司を見た。昨日の朝、とっとと出て行けみたいな言い方をしたことを揶揄しているのだろう。

気持ちが変わったことをいちいち説明する気もないから、玲司は知らん顔で食事を進める。

それにしてもここから出て、ホテルに行かないとすれば、何処に行くつもりだったんだろう？

改めて大堂の言葉に引っ掛かって尋ねると、

「友人は多い方でね、当座のねぐらには困らないのさ」

笑いながら説明してくれた。

友達が多いという言葉にむっとした。ここから出したくないと思ってしまう。玲司はぶっきらぼうに指摘した。

「あんたの友達の住所は芝浦に把握されていると考えた方がいい。一度見つかると、ずっと尾行がつくぞ」

裏の意味を見透かしているのかどうか、大堂はおかしそうに口許を綻ばせたあと、

「本当に鬱陶しい。そこまでの執着をもっと建設的な方向に向ければ、俺的にはとても嬉しいんだが」

嫌そうな顔になってため息をついた。

食事が終わると、コーヒーを飲みながら、具体的な打ち合わせに入った。

買収劇に芝浦を巻き込もうというのだから、まず必要なのは、大堂が設立する会社だ。

「会社の設立は任せる。それだけやってくれたら、あとは俺がやる」

その後の維持に二回も失敗しているのを知っているから、それ以上は期待しない。これまでのやり取りで、大堂がけっして能力のない男とは思えなくなったが、少なくとも維持していく才能はなかったのだろう。

いずれにしろ玲司としては、芝浦の前に『大堂』をぶら下げてやるだけで十分なので、どんな会社でも、実体がなくてもいっこうにかまわない。

玲司の言葉に大堂は、

「俺をバカにしているだろう」

と苦笑した。文句があるか、と睨むと、

「まあ確かに、簡単に会社を手放したのは、こっちだしな。そう思われても仕方がないか。そっちはおいおい挽回《ばんかい》するとして」

「なんだ、挽回とは」

言葉尻を捉えて聞くと、大堂は何か企《たくら》んでいるかのようににやりと笑う。

「君に相応しい男だと認めてもらわないと、傍らに立たせてもらえないようなんでね。頑張ると言っているんだ。自分の周囲の人間に対する君の基準、実はけっこう高いだろう」

「なんのことかわからない」

「そうか？　わかっていると思うが。不思議だな。そういう意味なら、芝浦は合格点のはずなんだが、どこが気に入らなかったんだ？」

なんで今さら芝浦を持ち出すのかと不快になりながら、

「虫唾《むしず》が走る」

ひと言で切り捨てると、大堂が爆笑した。

「なるほど立派な理由だ。ところでここを設立までの本部にするなら、せめてひとりは連絡のために出入りさせる必要がある。それはいいのか」

と言い出した。

「かまわない。空いている部屋がふたつあるから、そちらを片づけて利用してくれ。ただし、会社の所在地はちゃんと別の場所で整えてくれよ」

「わかっている。で、計画の詳細は教えてくれるのか？」

聞かれて玲司はいったん口を噤み、考えをまとめてから話し始めた。

「芝浦にやらせたいのは、今度の買収に、会社の金を無断で注《つ》ぎ込むことだ。別に本人がやらなくてもいい。芝浦の指示でやったという設定さえ整えば、それをネタに取引ができる」

「芝浦は有能だぞ。引っ掛かるのか？」

「勝算があるから、あんたを巻き込んだんだ。うまくすれば、夏を待たずにすべての決着がつく」

「そうあって欲しいものだな。で、設立するのに資金はどれくらい投入できる？」

玲司が現在の預金残高を告げると、大堂がひゅっと口笛を吹いた。

「それはすごい」

「持っていたくない金だ」

たちまち顔を暗くした玲司に、金の出所と、なんのための報酬なのかを敏感に察したらしい。

「わかった。せいぜい俺が使ってやろう」

妙な決意表明をしてくれた。

その日、体調が万全でない玲司はソファの上で猫のように丸くなって、電話を掛けている大堂をじっくり観察した。

弁護士、元の仕事仲間、投資会社。中でも元の仕事仲間は、買収されて芝浦の傘下に入った会社から次々に退職しているらしい。

買収劇に関わった玲司が把握しているだけでも、中堅から上のランクの人間達だ。彼らがごっそり抜けたら、芝浦が手に入れた会社は形骸《けいがい》だけになってしまう。

「実は通信事業における動画配信について、ちょっとしたアイデアを持っているんだ。うまく開発できれば、文字通信と同じ手軽さで、動画のやり取りができる。新会社はこれでやってみようと思う」

電話が一段落した大堂が、ずっと退屈そうに聞いていた玲司に説明した。

「そのあたりは任せるって言っただろ。どうせダミー会社だ」

「ダミー、ね。ダミーじゃないんだな、これが。まあ見てろ」

大堂がなんのつもりで呟いたのかわからないが、玲司はそれを簡単に聞き流してしまった。

休み明けに出社する玲司を見送った大堂は、有能な弁護士と会う約束をしているようだ。

出かけると言う彼に玲司は、くれぐれも気をつけて、と言い置いて家を出た。

芝浦はまだ出社していなかった。玲司は会社に着くと、前日の芝浦の行動をチェックし、スケジュールに変更がなかったことを確認した。念のために、玲司の代わりに芝浦についた秘書にも確認する。

「なんかご機嫌は悪かったようですが、スケジュールはきちんとこなしてくださいましたから」

機嫌が悪い、か。考えて玲司は、機嫌のいい芝浦を見たことがあっただろうか？　と首を傾げる。

思い当たったのは、一度誕生日だからと秘書課全員からのプレゼントを言付かって届け、あの端整な顔が綻んだのを見たときのことだ。そのあとすぐ、それが秘書課からの届け物とわかって、劇的に渋面に変化したものだが。

芝浦は何を楽しんで人生を生きているのだろう。

ふとそんなことを考えて、玲司は苦笑した。

どうでもいい。今はただ、あの男に目の前から消えて欲しいだけだ。

玲司が今日の予定を確認し終わった頃、芝浦が出勤してきた。

ドアの前で出迎える玲司を見て立ち止まったが、冷然とした顔を崩さないまま機械的に頭を下げてみせると、何も言わずに奥の自分の部屋に入ってしまった。

芝浦の好み通りのコーヒーを淹れ、傍らに控えて朝のスケジュール確認に入る。一昨日のことなど、互いにひと言も口にしない。しかし、これまで以上の緊張感が、ふたりの間には漂っていた。

それは、未来へ希望を持ち始めた玲司の雰囲気がどこか余裕に満ちたものに変わったことを、芝浦が敏感に察して警戒を強めたせいかもしれない。


日々が順調に過ぎていき、大堂の会社が新たに設立された。スタッフを集め、設備を調え、必要な機材を購入する。

大堂はできるだけ自分が動かずに、三坂《みさか》という男を使って指示を出していた。

一度玲司も紹介されたが、身長もそこそこの三坂は、草食動物系の物静かな人柄に感じられた。

「これで実務に関しては辣腕家《らつわんか》なんだぞ」

と大堂は評していたが、自分のことを言われても、眼鏡を押さえてそっと微笑むだけの三坂は、辣腕家という表現からもっとも遠い印象を受けた。

大堂は悪びれずに金を要求する。最初に、使い切ってやる、と宣言したことを実行しているようだ。

「その金で芝浦を引きずり下ろすと思えば、愉快だろう」

確かに。

玲司は笑い、会社を設立するための資本金や、当座の運転資金を用意して大堂に渡した。こちらは順調に動いているのに、芝浦はまだ動きを見せない。大堂が何をしているか、ちゃんと把握しているはずなのだが。

もしかすると今回の買収工作に、自分を関わらせないつもりだろうか、と危惧《きぐ》を抱く。

いや、芝浦なら、大堂に期待した玲司に思い知らせるためにも、買収を指示してくるはずだ。

そうして、もしかしたら有り得たかもしれない大堂との共闘を、完全に阻止する。それくらいのことは考えていそうだ。

そこでまた、以前の疑問を玲司は蘇らせる。

芝浦が大堂に、それほどまでに拘る理由。

調べさせた興信所からは、大学時代、卒業後、とそれぞれ報告が来たが、どちらにもこれといった理由は見当たらなかった。

強いて言えば、芝浦の父親が経営者として一度、彼らの在学中に特別講義を受け持ったことがあり、そのときに大堂と親しく話していた場面を目撃されている。

かなり気に入った様子で、我が社へ来ないかと勧誘もしたようだ。

だが、それくらいで芝浦が、粘着質につけ狙う理由になるだろうか。

玲司が笑い話として、調査結果を大堂に話したときも、当人は、

「会ったかなあ。会ったかもしれないなあ」

と芝浦の父の記憶は薄いらしい。格段のことがなかったせいだろう。

そのあとで、聞きたいなら興信所を使わず直接俺に聞け、と胸を張られた。

「なんでも答えるぞ」

「覚えていなかったくせに」

とからかうと、首を抱え込まれて頭をぐりぐりやられてしまった。

そんな些細《ささい》な接触が日常的に続いている。眠れない、と言っていたのが嘘のように、夜大堂の抱き枕にされていると熟睡もでき、このところ、玲司の体調はすこぶるいい。芝浦の呼び出しがないことも、影響しているのだろう。

それにしても、そろそろ事態が動いてもいいはずだが、と玲司が考えたちょうどそのとき、芝浦が玲司を呼びつけた。

「少し余分な仕事を頼みたい」

勝ち誇った顔で命じられたのは、やはり大堂の会社を乗っ取る仕事だった。

ぱさりと放られた書類には、設立から現在に至る詳しい経緯が書いてある。

「大堂は今度は動画配信で、画期的なアイデアを思いついたらしい。うまく会社を手に入れたら、こちらの利益にもなる」

芝浦の薄笑いを見て、玲司は危ないところだったと背筋を震わせた。大堂の名前だけで突進するかと思った芝浦は、さすがに用意周到だ。もしダミー会社にしていたらここまで調べられて、ごまかすことはできなかっただろう。

ざっと書類を斜め読みしながら、玲司は胸を撫で下ろしていた。大堂の好きにさせておいて、正解だった。

胸の中で思いながらも、顔は努めて無表情を保つ。

「設立から間もない会社だからまだ非上場株だし、株を買い占めるのは難しいだろう。なので、株を持っている大堂の仲間を切り崩す。そして密かに名義をこちらに書き換えさせるのだ。信頼した相手が自分を裏切ったとなれば、大堂の受ける衝撃もさぞ大きいだろう」

挑発するように言われても、

「わかりました。ただ個人を相手にするとなると、公に領収書が取れないケースが出ると思いますが、そのときはどうしたら」

黙って頭を下げ、具体的な指示を仰ぐに止めた。

「事前に経理に申し入れておけば、あっちでなんとかするだろう。というより、させろ」

「はい。では、文面を整えてあとでお持ちしますので、サインだけお願いします」

疑われないように、と玲司は最後まで無表情を崩さなかった。だが、今芝浦から言い出した指図こそ、玲司が密かに狙っていたものなのだ。

経理に資金を出させるための単なる社内的な指図書だが、これをもとに会社の金を動かし、そして芝浦の銀行口座に移す。そこから工作が必要な箇所に金が出て行くのだ。

以前にも秘密の工作が必要だったときに取った手段だが、社内的には了解事項であっても、万一これが外部に漏れれば、横領と言われても仕方がない。

オーナー一族である芝浦は、会社が公のものであるという概念を、ときに無視してしまうことがある。他意はなく、ほんの便宜上のことなので、その行為だけを取ると会社への背任となると指摘されたら、さぞ驚くことだろう。

しかも今回は、芝浦自身の署名のある指図書まであるのだ。

実際に口座に資金が移ったとき、そのときが芝浦と対決するときだ。

思い通りにいってほっとしかけたとき、

「打ち合わせをするから、今夜、家に来い」

ぶっきらぼうに告げられて、玲司は反射的に顔を顰めていた。するとつられたように芝浦も渋面になった。嫌なら誘わなければいいのに、と思いつつ憂鬱な気分で、一日を過ごす。

隙を見て、晩ご飯はいらないとメールを打ったから、大堂にも自分の状況は伝わったはずだ。

しばらく彼に包まれて穏やかに過ごしていただけに、芝浦に抱かれると思っただけで、何倍にも嫌気がさす。

きっと自分はいつもよりずっと抵抗するだろうし、それに比例して芝浦のやり方も狂気じみた陵辱に変わっていくのだ。

その日の業務を終え、芝浦と共に彼の自宅へ向かう。車の中での会話はいっさいない。芝浦は腕組みをして目を閉じているし、玲司は、膝の上でパソコンを広げて、翌日のスケジュールを確認していた。

明日は休め、と言われなかったので、少なくとも、動けなくなるほど酷くはされないと思うが、それにしても嫌で堪らない。

そんな常よりも強い拒絶反応を、芝浦も感じていたのだろう。玄関を入るなり、かろうじて靴を脱いだだけで、その場に押し倒される。頭を床に打ちつけて痛みが走り、冷たい廊下の感触に、背筋が震えた。

「いつもいつも、拒絶するような目で見やがって。一度くらいはおとなしく抱かれてみろ」

広い玄関に芝浦の声が響き渡る。喘がされたときの自分の声も、こんなふうに反響するのだろうか、と玲司は高い天井を見て思った。シャンデリアの光が、冷ややかに降り注いでいる。

白々とした光の中で、シャツを引き裂かれた。ボタンが弾け飛ぶ。そのひとつがコロコロと転がって、シューズボックスの下に入り込むのを、玲司は知らず目で追っていた。

気を散らすなとばかり、芝浦が現れた白い肌に噛みついた。敏感な胸の尖りを歯で磨《す》り潰《つぶ》され、玲司は激痛に悲鳴を上げる。

千切れるかと思うほど、芝浦は歯を食い込ませてくる。そちら側が解放されてほっとする間もなく、今度は反対側が。

「……っ」

痛みで呼吸が止まりかけた。

こんな酷いことをされて、どうして素直に抱かれたい気分になるものか。

胸の内だけで、芝浦の言葉に反論する。

それでも芝浦の気は治まらないようだ。胸のあちこちに歯形をつけられ、忙《せわ》しなく動く手がベルトのバックルに掛かった。

前をはだけられ、ファスナーを下ろされたとき、次に来るのは力任せに股間《こかん》を摑まれる激痛だ、と全身に力が入った。

その瞬間だった。

けたたましい電話の呼び出し音に、身体がびくっと反応した。芝浦にとっても予期せぬことだったらしい。

このまま続けるか、電話に出るかの逡巡《しゅんじゅん》があって、ようやく上体を起こし、上着のポケットから携帯を取り出した。

執行猶予を得たようで、玲司もほっとする。聞くともなく耳を澄ましていると、どうやら実家からの呼び出しらしい。

年配の女性の声が漏れ聞こえてくるのは、母親なのだろうか。何かの説明のあとで、芝浦が、

「大堂が!?」

と驚愕《きょうがく》した声を上げる。

大堂？

こちらで玲司が訝っていると、芝浦は鋭い目で見下ろしてきて、そして、

「わかった」

と苦々しい口調で言って、通話を切った。

「大堂の行方が分からなかったというのは嘘だろう」

いきなり追及してくる。

「それは終わった話だと思っていましたが」

しれっと答えると、芝浦は忌々しそうに舌打ちした。

「このタイミングで大堂が芝浦の本家に姿を現すのは、おまえがやつに助けを求めたからとしか思えない」

「え？」

玲司は混乱した。大堂が、芝浦の本家に？　本家といえば、芝浦の両親が、つまり芝浦グループの総帥が住んでいるところだ。そんなところへ大堂が、いったい何をしに。

芝浦は横たわったままの玲司を置いて立ち上がると、身支度を調えて靴を履いた。

「動けるようになったら帰れ」

素っ気なく言い置いて出て行こうとする芝浦に、ようやく半身を起こした玲司が尋ねた。

「どうして大堂が、芝浦の本家へ……？」

「あいつは、俺の腹違いの兄弟だ。それもほぼ同時期に生まれた、ね」

「そ……なっ」

「家で母親が半狂乱になっている。あのひとは、夫が妾《めかけ》の子にすべてを譲るんじゃないかと、怯《おび》えているんだ。だからわたしには、優秀であれ、妾の子に負けるなとずっと言い続けてきた。常に勝ち続けていなければならないわたしの立場がわかるか」

芝浦は吐き捨てるように言いながら、玲司を見下ろした。

「こっちが必死になっているのに、大堂の方は涼しい顔で好きなことをやっている。会社を取られたときも、わけがわからないという目でわたしを見た。あまつさえ、どうして自分が憎いのかと聞いてきたんだぞ」

言い終えた芝浦は、心情を吐露しすぎたとばかりに舌打ちし、

「やってられるか」

呟いて足早に立ち去った。

玲司はしばらく動けなかった。衝撃的な事実を突然に知らされて、頭が働かなかったのだ。

「兄弟？」

茫然と呟いて、そのあとでようやく事実が呑み込めてきた。

「だが、大堂はひと言もそんなことは……。もしかしたら本人も知らなかったのか？」

そのあたりは聞いてみなければならないが、少なくとも大堂が芝浦をライバル視していなかったことは知っている。プライドの高い芝浦には、大堂の無関心はひどく堪えただろう。憎悪がいっそう膨れ上がったのも、理解できる。

「それにしてもどうして今になって大堂が芝浦本家へ？　いったいいつ、どこでそれを知ったのだろう」

のろのろとシャツを掻き合わせ、ネクタイをきつめに締めてはだけられた部分をごまかした。上着のボタンをきちんと止めると、なんとか見られる格好になった。

それでも公共の乗物はダメだな、と考えながら、エレベーターで一階に下りた。タクシーを呼び止めようと車道に出たとき、

「氷崎さん」

と声を掛けられた。振り向くと穏やかな表情の三坂が立っている。

「お迎えにまいりました」

言われて、停めてあった車に導かれた。後部座席に座らされると、三坂はぐるりと回って運転席に乗り込み、車はスムーズに発進していった。

「間に合いましたか」

途中で尋ねられ、玲司は、これも大堂が、と思いながら頷いた。

三坂も事情を知っているらしいのには羞恥《しゅうち》を覚えるが、今はそれを上回る歓喜が込み上げてくる。

大堂が、助けてくれた。

「詳しいことは、大堂から聞いてください。用が済み次第、一目散に帰ってくるはずですから」

最後は少しからかうように言って、三坂は玲司のマンションに車をつけた。

「お世話をかけました」

礼を言って車を下り、部屋に急ぐ。大堂が帰る前にシャワーを浴びたかった。歯形は消せないが、それ以外の芝浦の痕跡《こんせき》を洗い流してから、大堂に会いたかった。

彼と話す前に、自分の気持ちを確認する時間も必要だ。

慌ただしくシャワーを浴び、濡れた髪を乾かしながら、玲司はソファに腰を下ろす。大堂に会ってからの自分を振り返った。

最初は言葉のひとつひとつに反発しか感じなかった。けれども、次第に大堂の思いやりに心が絆《ほだ》されていった。

ときに荒療治で、ときに包み込むように優しく。最後のぎりぎりのところでは、決して玲司の意志を無視しない。その態度に、惹《ひ》かれたのだ。

男同士の関係を嫌悪していたのに、大堂となら肌を寄せ合っていても熟睡できた。

これらを考え合わせれば、自分の気持ちは明らかだ。

玲司はちらりと壁の時計に目をやった。長針が進むのが、ひどく遅く感じられた。

バスローブのままでは誘っているように思われるかもしれないと、服を着替えにクローゼットに行き、いや、じっさい誘いたいのだからこれでいいのだと思い返したり。

ようやく玄関のドアがカチリと音を立てたときには、玲司は迷いながらもシャツとスラックスを身につけていた。

急いで迎えに出る。

「大堂……」

疲れたような顔の大堂は、玲司を見てほっと表情を緩めた。口許に笑みが浮かぶ。薄皮を剝《は》いだように、疲労の色が消えていくのがわかった。玲司もつられたように微笑する。

「全部、片づいた」

言いながら差し伸べられた腕に、玲司は自分から飛び込んでいった。

「熱烈な歓迎だな。光栄というべきか？」

しっかりと抱き締められて、耳元で囁かれる。玲司は顔を上げて大堂と視線を合わせ、頷いた。

「絶賛歓迎中だ」

きっぱりと言って、自分から伸び上がるようにして口づけた。

「玲司……」

抱き合って貪るようなキスを交わしてから、大堂がいったん身体を離した。

「玄関先で不埒《ふらち》な真似をするわけにはいかないからな」

妙にきっぱりした言い方だった。つい先ほど芝浦に、玄関で容赦なく押し倒されたことを思い出すと、その違いに胸が熱くなる。玲司は、大堂の腕を引いてリビングに急いだ。

隣にぴったりと寄り添って座ると、先に大堂の方から聞いてきた。

「三坂から、間に合ったと聞いたが？」

「ああ。すんでのところで、助かった。ありがとう」

「よかった」

大堂がほっと吐息を漏らす。

「それより、どういうことなんだ」

説明を求めた。知りたくて、うずうずしている。

「芝浦は何か言っていたか？」

「あんた達が腹違いの兄弟だって」

「そうか」

「知っていたのか？」

「いたような、いなかったような」

「なんだそれ」

呆れたように言う玲司を片方の腕で引き寄せながら、大堂はゆっくりした口調で話し始めた。

「両親はちゃんといたからな。疑いもしなかったよ。大学生のときに、偶然に芝浦の父親に会って、あちらは一目でわかったのだと、今日知った。会社に誘われはしたけれど断って、その場はそれだけだった。ただそれ以来、たまたま同じ大学にいた芝浦が目の敵にしてくるようになって、おかしいなとは思っていた」

「理由を突き止めようとは考えなかったのか？」

「思わなかったね。芝浦のちょっかいはうざいだけで、関わりたくもなかった。だから、いると言うなら、会社なんかいくらでもくれてやった。芝浦は、本当に必要なのは、それを構成している人間だということに気がつかないまま、会社を取り上げれば俺を潰せると勘違いしていた。俺は幸い人脈に恵まれているから、会社なんて作ろうと思えば、すぐにできる」

大堂が、玲司の顎を捉えた。正面から覗き込んでくる。

「だが、君に会った。一目で欲しいと思った。どうやって接触しようかと考えてあのバーにいたとき、君が現れたんだ。君が、芝浦にいいようにされているのかと思うと、悔しかった。芝浦と争ってでも手に入れたかった」

「そんなふうには、見えなかった……」

「男は最初から手の内は晒さないものだ」

「……俺も男だけど」

大堂の言い方にかちんときて言い返すと、

「欲しいものに狙いを定めた男は、という意味だ」

　さらりと返してくる。

「君の方から協力関係を求められて、狂喜したね。下心満載で、ここに居座ることにも成功したし。来た早々から、この腕に抱いて寝ることもできた。気位の高い猫を、そうっと手懐けている気分だったな」

「……そこはいいから、今夜のこと」

　もっと聞きたい気もしたが、甘い台詞に背中がむずむずしてきて、思わず話を逸らしてしまった。

　ただ、今のやり取りから、大堂が最初に思ったように、能力がなくて会社を取られているわけではないことは、理解できた。そのことは、新しく設立した会社に、以前の会社のスタッフが、次々にやって来たことからも薄々感じていたのだが。

「今夜、か。君からメールが来て、これはまた芝浦に呼ばれたんだなと思った。君が芝浦に抱かれる、と考えただけで堪らなくなって。だが直接乗り込んで君をかっさらっても、芝浦の手には、君を告発する証拠がある。それでは君を助けたことにはならない。もっと窮地に陥らせてしまうのが関の山だ」

　大堂は、もう放したくないと言わんばかりに、玲司を抱く腕に力を込めた。

「どうすればいいのか、と考えて、ひとつだけ利用できそうなことを思いついた。すぐに自分の親に電話し、そして初めて事情を聞いた。内容はわかっているだろうから省略するが、間に合ってくれと祈りながら、芝浦の本家に乗り込んでいった」

言葉を切った大堂に、玲司は早く続きをと急かした。

「取り次いでもらうのに時間はかかったが、あっちのお袋さん？　その女性をパニックにさせることに成功した。彼女が半狂乱になって息子を呼び出すのを、俺はこれで君が助かる、と思いながら聞いていたよ」

「確かに、危ないところで救われたけれど。でもこの先は……」

「それも心配ない。芝浦から、君を脅迫する材料にしていた書類を受け取って、目の前で焼却した。もう君を苦しめていたものは何もない」

「……いったいどうやって」

二年間、ずっと圧《の》し掛かっていた重荷から解き放たれたと言われても、急には実感できない。それに大堂が、何を条件に芝浦を説得したのかが心配だ。

「たいしたことじゃない。俺は絶対に芝浦の息子であると公表しない、会社の支配権も狙わない、という誓約書を置いてきただけだ」

「大堂……」

「もともとそんなもの、欲しいと思ったことはないし、今の両親以外に親はいらない。ただあちらが、疑心暗鬼になっていただけなんだ。誓約書を置くことで双方満足、という結果になったんだから、これで大団円だな」

そこで言葉を切った大堂が、らしくない切ない目で玲司を見た。

「君は、自由だ。もう籠に囚《とら》われた鳥じゃない。どこでも好きなところに飛んでいける」

自由。

過去二年間、それを切望し続けていた。まもなく手に入るという希望を、つい最近ようやく抱き始めたところだ。だがそれをこんなに突然与えられると、どうしていいかわからない。

自分は本当に自由になりたいのか？　勝手にどこかへ飛び去ってしまいたいのか？

玲司は隣に座る大堂を見た。

僅かの間にすっかり馴染《なじ》んだ顔だ。目鼻立ちのはっきりした、精悍な顔である。少し厚めの唇に、なんとなく指で触れた。

唇が薄く開いて舌が覗き、玲司の指を舐める。じっと見つめてくる瞳には、狂おしいほどの情炎が秘められていた。今は理性できつく押し込められているが、いったん玲司が許せば、業火のようにすべてを焼き尽くしそうな激しい情。

「誘っているのか」

密やかに尋ねられる。

「だったら、どうする？」

こちらも密やかに囁き返した。

「一度手に入れたら、絶対にこの腕から放さない。嫌だと言っても、繋ぎ止める」

言ってから大堂は苦笑した。

「結局俺も芝浦と変わらないんだな。君に執着し、溺《おぼ》れている」

「違う！　あんな男と一緒にするなっ」

玲司は激しく否定した。大堂を睨みつける。

「あいつは俺の意志を無視し、挫き、屈辱を味わわせ、そして這い蹲《つくば》らせた。その何処に情がある？」

「歪んでいたが、それが芝浦の愛情だった」

「そんなものいらないし、聞きたくない。それより、俺は大堂の気持ちが欲しい」

「持って行け、俺のすべては君のものだ」

「大堂……」

玲司は大堂の首に両手を回して引き寄せた。

「男なんて、と思っていた。でも愛情を持つのに、男も女も関係ない。自分がしたい、されたいと思ったら、身体を合わせることにも抵抗がなくなった。だから、大堂、抱いてくれ」

「玲司っ」

大堂が、その持てる力のすべてで玲司を抱き締める。

「好きだ」

厳かに告げて、大堂が玲司に口づけた。舌を絡め合い、角度を変えて何度もキスを重ねた。互いの唾液《だえき》を交換し、甘い蜜《みつ》を啜り合った。

引き寄せられるまま、玲司は大堂の上に乗り上げ、狭いソファの上で身体を重ねた。

真上から見下ろす大堂は、甘く微笑んでいた。軽く唇を尖らせて、キスを催促している。

こちらも笑みを浮かべながら、唇を押し当てた。

啄《ついば》むようにしていると、我慢できなくなった大堂が頭髪を鷲掴《わしづか》みにして、激しいキスに誘い込んだ。

互いに腰を擦りつけるようにして、硬い感触を楽しむ。

「ベッドに行こう」

玲司の方から誘った。ふたりで互いの服を脱がせ合いながら、ベッドルームに向かう。

ところが、上半身を脱ぎ捨てた状態で向かい合った途端、大堂が鋭く息を呑んだ。

「どうしたんだ、それは。間に合ったんじゃないのか」

胸に点々と散らばっている噛み痕に気づかれたのだ。

「ひどい……」

中にはうっすら血が滲んでいるところもある。乳首の周りはひときわ強く噛まれて、大堂がそっと触れただけでも、痛みが走った。

「痛そうだな」

大堂の方が痛みを感じたように眉を寄せている。

「大丈夫だ。全部、あんたが癒してくれるんだろう？」

「もちろんだ。俺にすべて任せてくれ」

大堂が恭しく玲司を抱え上げた。ベッドの上にそっと下ろす。宝物を開けるようにベルトを外し、ファスナーを下ろした。下着とスラックスを一緒に引き下ろして、現れたモノをしげしげと見る。

「そんなに見るな。恥ずかしいじゃないか」

羞恥に駆られて玲司が文句を言うと、大堂は感に堪えないように吐息を漏らした。

「綺麗だ」

「バカ……」

恥ずかしすぎる台詞に、腕で顔を覆った。

「見せてくれないのか？　感じている顔を」

「俺だけなんて嫌だ。そっちも脱げよ」

視線をきつくして睨むと、大堂は困ったように微笑した。

「なんだか脱いだだけでイきそうなんだが」

「そんなバカなことはないだろう。言い訳なんかいいから、脱げって。それとも俺が脱がそうか」

言いながら、それもいい考えだと玲司は半身を起こした。大堂の腰に手をかけて引き寄せ、ベルトを外す。

「脱がしてくれるのか？」

嬉しそうに言われると、途端に自分がしようとしていることに気がついて、指が思うように動かなくなった。その手に大堂の手がそっと被さってくる。

「ファスナーを、下ろして」

誘導されて、言われるままに指を動かした。ちりちりと静かな音がやけに耳に響く。

「開いて」

左右に開くと、濃紺のボクサーショーツが現れた。

「濡れてる……」

濃い色に変わった部分を見つめて、玲司が茫然と呟いた。

「感じているからだ。君が欲しくて堪らない。触って」

盛り上がっている昂りに触れると、びくんと反応したその部分は、さらに大きく成長した。

「俺も、欲しい」

玲司は潤んだ双眸で大堂を見上げた。

「じゃあ、全部脱がせてくれ」

玲司が跪いて、苦心しながら大堂の服を脱がせている間、大堂は彼の頭を撫で、項を擽《くすぐ》り背中を撫で下ろした。

かろうじて腰までは手が触れたが、それ以上は彼我の姿勢のせいで届かない。

玲司が下着を下ろすのを待ちかねたように、大堂は両手で彼を引き上げた。そのままふたりしてベッドの上に倒れ込む。

キスから始まり、何度か啄み合ったあと、大堂の唇は狂おしく下りていく。痛々しい乳首にそっと触れ、舌で優しく舐める。自分は絶対に玲司を傷つけないと、決心しているかのようだった。

舌だけで、乳首を立たせる。触れられると痛みは走ったが、それ以上に感じて困った。どうしてひとが違うと愛撫も違って、そしてこんなにも感じてしまうのか。

舌が乳首に触れると、びりっと電流が走り、股間から先走りが溢れる。零れる液体は幹を伝い、下生えを濡らす。顔を背けたくなるほど、卑猥《ひわい》な眺めになっているはずだ。

それなのに、乳首を口に含まれると、また感じてしまう。舌で優しく押し潰され、背筋がぞくぞくした。

「もっと強く吸って」

足りなくて自分から催促していた。

「大丈夫か？」

敏感な乳首の側で囁かれる。息がふっとかかって、それも堪らない刺激を生んだ。

「いいからっ。あんたがしてくれることは、俺には全部快感なんだ。手加減なんか、するなっ」

思わず声を荒げていた。芝浦の残した痕など、大堂のそれで全部消して欲しい。噛まれた痕は噛み直して欲しい。血が滲んだら、大堂が舐め取ってくれればいい。

そんな激情が、ようやく伝わったらしい。

大堂の雰囲気が一変した。優しく労る愛撫から、奪い尽くす激しいものに。獲物を食らい尽くす猛獣の獰猛《どうもう》さに。

大堂は容赦なく玲司に愛撫を加えていった。舐めて噛んで吸って。

そして両手も休みなく動かして、玲司が感じるところを暴きながら身体中を探索していく。

「あ、あ……、や……ぅ」

何をされても感じた。脇腹《わきばら》を掌がなぞっただけで、総毛立つ。びくびくと身体が震え、昂りの先端からは、常に蜜液が零れ落ちていた。

玲司の身体を辿っていた大堂の唇が、ついに切なく震えていた昂りに辿り着いた。ぺろりと舐められ、次の瞬間すっぽりと口腔に含まれた。

「ああっ」

自然に仰け反って、そこを自ら差し出していた。舌であやされ、すぼめた唇で出し入れされると、堪らない。腰が揺れ、爪先《つまさき》が何度もシーツを蹴《け》った。

奥の方から、マグマのような熱が込み上げてくる。

「あ、イ…く」

達しようとした瞬間、まだ大堂に銜《くわ》えられたままだったことに気付き、なんとか勢いを止めようとしたが、止まらなかった。白濁が噴き零れる。

それを大堂はごくりと飲み干してしまった。

「あ、そんな……。どうして」

「確かにおいしくはないが、これも君だと思うと、愛《いと》しい」

「バカ。そんなものに愛しいと言うな……」

荒い息を吐きながら詰《なじ》ってみせる。

愛しいなら、自分をこそ抱き締めろ、と挑発すると、逞しい腕がぎゅっと抱いてくれた。腰に硬いモノが触れる。大堂の命そのものと思えば、確かにそれにも愛しさが募る。

「挿れて」

濡れた眼差しで見上げて望んだ。ぶるっと大堂が震えた。

「そんな誘うような目で見るな。傷つけまいと、これでも必死なんだ」

「いいから、そんなの気にするな」

大堂の指を取って、自らの口腔に含む。たっぷり唾液が絡むまで舐めてから、舌でそっと押し出した。

「して……」

自ら足を広げ、腰を差し出した。

大堂はその腰を掬《すく》い取り、膝に載せると、滴をまとった指で慎重に蕾を解していった。しばらく使っていなかった蕾は、慎《つつ》ましやかに閉じている。

指を差し入れ、ぐるりと回すと、一度引く。二本揃えて挿れられると、まだ入り口が開ききっていないから苦しかった。しかし、内部の襞《ひだ》は、指を歓迎している。喰《く》い締めようと蠕動《ぜんどう》し始めた。

「熱いな、君の中は。俺が欲しいと言われているようで、気持ちいい」

「ほんとに欲しいんだ。早くこれで俺を貫いて」

手探りで、大堂の熱塊を探り取る。火傷しそうな熱さに、身悶えするような欲求を感じた。

「早、く……」

艶めかしく身体をくねらせて、催促する。無意識の媚態《びたい》に、大堂がごくりと喉を鳴らした。

指が三本になった。奥を探り、バラバラに動かしているときに、そこにヒットした。

「やあ、そこ、や……っ」

内部の弱みに当たったのだ。そこを突かれると、どうしようもなく身体が撥《は》ねる。一度達した昂りがみるみる復活した。痺《しび》れるような快感が全身を浸していく。

「ここが、いいんだ」

呟く大堂の声も掠れていた。

「も、いいから、きて」

これ以上我慢ができない。快楽のツボを、この硬い灼熱《しゃくねつ》で思い切り擦り上げて欲しい。

「お願いだから」

大堂が指を抜いた。昂りを押し当ててくる。

「狭いな」

この期に及んでも、玲司を気遣おうとする。それは泣きたいほど嬉しかったけれど、今はただ、疼《うず》く奥を慰めて欲しかった。

「大堂……」

「俺の名は正吾だ」

「……正吾」

甘く誘った次の瞬間、大堂の昂りが玲司を貫いた。

「あうぅ……っ」

衝撃に身体が強張った。浮き上がった背を大堂にしっかり抱き締められた。

「玲司、玲司」

抱き締められ、名前を呼ばれながら、最奥を犯される。強張った身体は、大堂が囁くたびに柔らかく解けていった。そして。

「あぁ……、んっ」

大堂に腰を揺すられて、玲司はとんでもなく艶めかしい声を上げたのだ。そしてそれをきっかけに、ひっきりなしに玲司の唇から甘い声が零れ出した。

「あ、いい。やぁ……」

大堂にしがみつき、復活した自分自身を引き締まった彼の腹に擦りつけ、次々と弾けていく快感に溺れそうになる。何処までも高く押し上げられて、果てのない悦楽に怯えてしまう。

「怖い」

と呟くと、途端に大堂の腕が玲司を抱き締める。まるでここにいる、大丈夫だと知らしめるように。だから安心して玲司は次の快楽の波に乗る。

寄せては返す波に、次第に高く持ち上げられ、堪らない快感に啼いた。

「一緒に、イきたい……」

呟いた声も、しっかり聞き届けられた。

「わかった。一緒にイこう」

大堂は抽挿の速度を速めた。激しく腰を動かしながら、玲司のモノを掴み取った。強弱をつけて揉み込み、弾けそうなほど昂らせる。

「イけるか」

掠れた声で尋ねられて、夢中で頷いていた。

「イくぞ」

「あぁぁぁぁ……」

ひときわ深く腰が突き入れられ、最奥に夥しい白濁を叩きつけられた。同時に玲司のモノも、大堂の手で遂情させられる。

達した衝撃で、玲司の内部は痙攣《けいれん》を繰り返し、大堂を何度も呻かせた。

満足そうな声を耳元で聞いて、玲司も深い充足を得る。この身体で大堂が悦楽を感じてくれれば、これほど嬉しいことはない。さんざん汚されたと思った身体も、大堂とこうするための試練だったと考えれば、大事にしようという意識が働く。

「正吾」

荒い息が少し収まったとき、玲司は様々な想《おも》いを込めて、大堂の名を呼んだ。

「ずっと、側に……」

いて欲しい、と囁きの中に声を溶け込ませる。

「ああ、もちろんだ。絶対に放さない」

強く抱き込まれ、誓いを立てるように厳かな声で告げられた。

めったに浮かべることのなかった、春の日だまりのような笑みが、自然に玲司の頬を緩ませた。

大堂は、魅せられたようにそれを見つめ、「愛している」と囁くのだった。


後日、辞表を出すためだけに出社した玲司は、芝浦と相対した。芝浦は何か言いたそうにしていたが、今さら何も聞きたくなかった玲司は、話しかける隙を与えない毅然《きぜん》とした態度を貫いて、その場を辞去した。

最初に掛け違ったボタンは、互いの間に深い溝を刻んだまま、ついに最後まで修正できないままに終わったのだ。

目の前にうらぶれたドアがある。通りすがりに入ってみようか、という気を削いでしまいそうな、塗りの剝げた貧相なドアだ。

玲司は隣に立つ大堂を見上げて微笑むと、そっとそのドアを押し開けた。

噎ぶようなジャズの音が聞こえる。カウンターとテーブル席がふたつの狭い室内、壁の装飾品もあか抜けない。カウンターの中に立つかなり年配のバーテンも、なんとなくしょぼくれた感じがした。

「いらっしゃいませ」

と、そのバーテンの嗄《しわが》れた声が迎えてくれる。

カウンターに並んで腰を下ろすと、注文される前から酒瓶を手にしたバーテンは手早くステイして、玲司の前にオリーブを飾ったグラスを差し出してきた。

しかも、まるで一口飲んだあとのように量が減っている。

もの問いたげに見上げた玲司に、バーテンは、

「お待ちしていました。わたしも、そしてこのグラスも」

微笑みながら言ったのだった。

テネシーワルツで乾杯を

ダブルより一回り大きい、クイーンサイズのベッドが必要なのは、氷崎玲司《ひざきれいじ》ではない。同衾《どうきん》している相方、大堂正吾《だいどうしょうご》の方だ。大学時代はアメリカンフットボールのクォーターバックだった彼は、百八十センチを優に超える身長と、逞《たくま》しい体軀《たいく》を持っている。

一緒に寝るようになってすぐ、勝手に手配したベッドに入れ替えられてしまった。確かに、セミダブルのベッドに男二人が寝るのは少々厳しい。

うっかり寝返りを打つと落ちそうになるので、たいがい大堂の腕の中に抱き締められて眠っていたものだ。

本人に言う気はないが、それはそれで愛されている気がしてよかったから、ある日突然、大きなベッドが運ばれてきたときは、面白《おもしろ》くなかった。しかし、

「足先がはみ出て寒かったんだ」

布団から出ないように縮めていたと聞けば、仕方がない。

もっとも、ベッドが大きくなってもぴったり身体《からだ》を寄せ合って眠る習慣はそのままだったから、いい意味で裏切られたのだが。

今朝もそのベッドで玲司は心地よい目覚めを迎えた。ふかふかの羽布団にくるまっている上に、さらに熱量の高い身体にぴったりと抱き込まれているから、初秋のひんやりした空気はまるで感じない。

夏だと暑苦しいが、と傍らで眠っている大堂をちらりと見た。上掛けから覗《のぞ》く肩にも腕にも、しっかりした筋肉がついている。これまでなら同じ男としてコンプレックスを抱くところだが、彼を恋人

と認識している今は頼もしい存在に映る。

人の心とは勝手なものだと苦笑が浮かんだ。

眠っているのに玲司を抱き込む腕は力強く、目を閉じた顔も起きているときとあまり変わらず引き締まっている。繊細に整った玲司とは全く違う、大作りで精悍《せいかん》な顔。

満足そうに緩められた口許《くちもと》だけが、彼が安心しきって寝ていることを示していた。

この身体に圧《の》し掛かられてさんざん喘《あえ》がされた昨夜の記憶が蘇《よみがえ》る。何度も貫かれ、もう無理という程快感を掻《か》き立てられた。何度も焦《じ》らされはぐらかされて、ようやくイったときは疲労困憊《こんぱい》して、そのままことんと寝てしまったのだ。

身体がさらりとしているところをみると、大堂が後始末をしてくれたのだろう。その部分の記憶は、すっぽり抜け落ちているが。

抜け落ちていてよかったと思う。夜の営みのあれこれは、朝の爽《さわ》やかな空気の中で思い出すといたたまれない。

それにしても、芝浦《しばうら》から解放されたあとに、まさかまだ自分が男に抱かれる生活を続けるとは思ってもみなかった。もともとそちらの嗜好《しこう》は全くなかったのだ。

策略に嵌《は》められて芝浦の手に堕《お》ちたとき、抱かれる屈辱を嫌というほど味わわされた。その手から逃れられたら、男なんて二度とごめんだと考えていたのに、大堂は玲司の張り巡らせていた防御線をあっさり踏み越えてきた。そしてそれを許した自分。

おそらく無意識ながら、最初から大堂に惹《ひ》かれるものがあったのだろう。

大堂の協力を得て芝浦から解放され、秘書として不本意ながら勤めていた彼の会社も辞めることができた。そのために大堂は実の父親と完全に縁を切ることになったのだが。

「親の事情なんか、どうでもいいさ。俺《おれ》は今の父が一人いれば十分だからな。それに鬱陶《うっとう》しい芝浦の顔をこれ以上見ないで済むと思えば、かえってありがたいくらいだ」

清々《せいせい》した顔を見れば、その言葉が本心からだとわかるから、玲司も過度に気持ちの負担を感じなくて済んだ。

すぐに働きに出る必要はないだろ、少しのんびりしろと大堂に言われ、現在は無職、心身のリフレッシュを図っている最中だ。

とはいえ、何もしないのは頭が錆《さ》びついてしまいそうだから、証券アナリストだった前職へのリハビリの意味も込めて、家事の合間にFXやデイトレードを始めている。

一方大堂の方は、芝浦を陥れるために設立した会社を、そのまま軌道に乗せようと奮闘していた。忙しくて、帰りは深夜を過ぎることがしょっちゅうだ。だからこそ、擦れ違いにならないように家にいてくれと言っているのかもしれない。

視線を巡らせて時計を見ると、そろそろ起床時間だ。大堂の腕を押し退《の》けてそろりと半身を起こす。ベッドを下りようとしたらぐいと引き戻され、温かな胸に抱き込まれる。

「……っ。乱暴だな」

鎖骨に頭がぶつかって、痛いと文句を言うと、

「どこへ行く」

寝起きの掠《かす》れた声が耳許で聞いてきた。息がかかった項《うなじ》がぞくりとし、肌が粟立《あわだ》つ。

昨夜の埋み火が掻き立てられるのを、意志の力で押さえつけた。

無駄に官能的な声を出すんじゃないと、内心で盛大に苦情を捲《まく》し立てながら、巻きついてきた大堂の腕を押しやった。

「朝ご飯を作ろうかと……」

家事はできる方がやると最初に話し合い、今のところ時間に余裕がある玲司が引き受けている。休日には大堂も率先して手伝ってくれるので、特に不満はない。

「豆腐とわかめの味噌《みそ》汁、それに卵を落として半熟」

朝ご飯と聞いた途端に、腕の拘束がするすると解けていく。しかもちゃっかりリクエストまで。玲司は苦笑しながらわかったと答え、自由になった身体でベッドを下りた。

顔を洗って身支度を済ませ、鍋《なべ》に湯を沸かし始めた。さすがにだしから取ることまではしないから、だしの素を入れ、切り揃《そろ》えた具材を入れる。

冷凍庫からご飯を取り出して解凍した。慣れた手順で、さくさくと朝食の準備が進んでいく。

会社に行っているときは時間が取れなくてほとんど外食だったが、料理自体は嫌いではなかった。

大学進学で上京するときに母親に基本を仕込まれたこともあり、忙しくなるまではちゃんと自炊して

いたのだ。

卵焼きが出来上がる頃《ころ》、欠伸《あくび》をしながら大堂がやってきた。ネクタイと上着を椅子《いす》の背にかけ、腕まくりをして手伝い始める。食器や箸《はし》を出し、冷蔵庫の常備菜をテーブルに並べる。準備ができると二人して席についた。

「遅くなるのか？」

食べながらいつものように予定を尋ねると、大堂は眉《まゆ》を下げて頷《うなず》いた。

「ああすまん」

情けない顔に、玲司は苦笑する。

「いいよ。こっちは適当にやっているから」

「それが嫌なんだ。せっかくの蜜月《みつげつ》なのに、なんで俺は玲司の側《そば》にいられないんだろう」

本気で嘆いているのが伝わってくるから、二人でいられる時間が少なくても落ち着いていられる。

「ぼやいても、仕事は減らないだろう？　ま、軌道に乗れば少しは時間も取れるようになるさ」

「そう思わなきゃ、やってられない……」

ぼそっと漏らしたのが本音だろう。

擦れ違い生活でも、大堂の気持ちを疑ったことはない。玲司からすれば、恋人としても十分に触れ合っていると思う。

だが大堂はそれでは物足りないらしい。ずっと抱き締めていたいと言われ、

「鬱陶しい」

と切り捨てると、「なんでだ、冷たい」と嘆かれた。そのあげくに、

「そうか、玲司はツンデレなんだ」

などと変なふうに納得して、にやにやこちらを見るのはやめてほしい。

食べ終えて食器を下げ、ネクタイを結びながら大堂が、居間のテーブルにちらりと視線を投げた。

そこには玲司が集めたマンションのパンフレットが置いてある。

「あれ、どうしたんだ。投資でもするのか？」

「いや、引っ越し先を物色しているとこ」

「引っ越し!?　ここを出る気か？」

驚いたように大堂が声を上げる。

「ああ。できるだけ早く引き払いたいと考えている。もっとも、ここほど条件のいい物件は、なかなかなくて困っているんだけど」

「なんで引っ越すんだ？　自己所有だろう？　必要ないじゃないか。部屋数はあるし、設備は最新のものだし。セキュリティにも十分な配慮がされているし……」

朝っぱらから議論などしたくなかった玲司は、さっと話題を逸《そ》らした。

「時間、大丈夫か？」

「わっ、まずい。取り敢《あ》えず、行ってくる」

ちゅっとキスをして、バタバタと出ていく大堂を見送った。

芝浦の金で買ったも同然のこのマンションに、住み続けるのは嫌だった。ここに来たこともあり、住所を把握されているのが気にかかる。さすがにこの部屋で抱かれたことはないが、それでも嫌悪は拭《ぬぐ》えない。

大堂が話をつけてくれたから、今さら何か言ってくることはないはずだとわかっていても。

そんな内心の拘《こだわ》りというか、微妙な気持ちを説明するには、慌ただしい朝は不向きだ。それにもし大堂が反対しても引っ越す決意は変わらないから、下手をしたら不毛な言い合いになりかねない。

「そのまま忘れてくれないかなぁ」

引っ越し先を決め、契約し、準備もすべて終わるまで。

仕事が忙しい大堂だからその可能性もあるわけで。そうしたら玲司としてはとても助かる。

一緒に住んでいるから、勝手に決めたら大堂も面白くないかもしれないが、そもそも彼は居候なわけで……。

「文句は言わせない」

きっと表情を引き締めた。

その日の夕方、玲司が食事の支度をしようとしていると慌ただしく大堂が帰ってきた。いくらなんでも早すぎると思ったら、案の定これから大阪だという。しかも数日帰れないらしい。

「交渉中の提携先がごねているんだ。俺が行かないと纏《まと》まらない」

大堂が旅行バッグを引っ張り出したので、着替えを出してやりながら慰めた。

「ま、頑張ってこいって。帰ってきたら週末だ。好物を作ってやるからのんびりしよう」

それを聞いた大堂がパッと破顔した。

「じゃあ、肉じゃがをリクエストしとく」

「了解」

苦笑しながら大堂がまとめた小物類を、手際よく詰めてやる。

「よし、準備完了。玲司が手伝ってくれたから、迎えが来るまで少し余裕ができた」

じゃあコーヒーでも淹《い》れるかと、コーヒーメーカーをセットする。互いの好みでコーヒーを淹れてリビングのソファに腰を下ろしたとき、大堂がテーブルに載っていたパンフレットを取り上げた。

「なあ、こいつの件だけど、やっぱり引っ越す理由が納得できないんだが。ここは立地もいいし建物も新しいし、俺からすれば、こんな物件を見つけたら即契約したいと思うほどの優良物件だぜ」

しまった、片づけておくんだったと後悔しても遅い。大堂は遅くまで帰らないと思っていたので油断した。これから出張する大堂と議論をしたい気分じゃないので、

「いろいろ思うことがあってね」

と躱《かわ》しておく。だがそれだけで大堂の疑問が、晴れるはずがない。

「思うことって？」

芝浦の話題を出したくはなかったが、説明するまでは大堂は引きそうもない。疑問はとことん追及

する質《たち》なのだ。そうした性格はビジネスではプラスに働くのだろうが……。

玲司は小さく嘆息してしぶしぶ話した。

「芝浦に与えられた金で購入したのが嫌なんだ」

芝浦の名前に大堂は眉を寄せた。

これでわかってくれるといいが、と願っていたのだが、やはり駄目だった。

「なんでそうなる。芝浦からの慰謝料だろ、それ。堂々と使えばいいんだよ」

慰謝料!? まさかそんなふうに言われるとは思わなかった。考え方の違いを痛感する。

自分としては芝浦に関する何もかもを排除したい気分なのだが、大堂には伝わらないようだ。

「慰謝料をもらうようなことをされていたと、そう考えるのは屈辱だ」

低い声に不機嫌を滲《にじ》ませて言ったせいか、大堂が真意を探るようにこちらを見た。

「とにかく、もう決めているから」

議論は終わりとぴしゃりと言ってやったのに、大堂は首を捻《ひね》っている。まだ納得していないようだ。

「でもなあ、今これを売っても、購入価格よりかなり下だろ。それから新しく買うとなれば、損するじゃないか？ もったいないと思わないか。もう少し考えたらどうなんだ」

「損得の問題じゃない！」

思わず声を荒げてしまい、大堂がびっくりしたように玲司を見返した。凝視されて、ぎこちなく目を逸らす。息を吸い、なるべく普通に聞こえるように告げた。

「俺はただ、……忘れたいだけなんだ」

だがそれは、自分でも無理して出した声に聞こえた。苦しそうで、平静を装えなかった自分に腹が立つ。

大堂が腰を浮かして手を伸ばしてきたとき、無粋な携帯の呼び出し音が響いた。小さく舌打ちしてそれに出た大堂が、「すまん」と手を挙げる。

「迎えが来たようだ。この話は、帰ってからにしよう。非難に聞こえたのなら、申し訳ない。ただ玲司がそこまで拘っているとは思わなかったから」

「いいから行けよ。間に合わなくなるぞ」

大堂の前で感情を爆発させたのが決まり悪い。早く行け、とバッグを持って邪険に背中を押した。

玄関先でバッグを差し出すと、大堂は出がけに議論になってしまったことを後悔する表情でそれを受け取る。何か言いたそうだったが、時間が切迫しているのも確かで、結局諦《あきら》め、

「帰ったら話そう」

そう言い置いて、キスを一つ残し行ってしまった。

ドアが閉まると、ほっと肩を落とす。冷静沈着な自分はどこに行ってしまったのか。

芝浦につけられた傷はまだ生々しくて、ときに傷口が開いて血が噴き出すことがある。大堂にはそれを極力見せないようにしてきたのだが。

同じ男に組み敷かれ喘がされる屈辱は、味わった当人でないとわからないかもしれない。しかも芝

浦とは、こちらが望んだのではなく脅迫で屈服させられたわけだから、悔しさも倍増する。

大堂と相思相愛の今も、抱かれるときは違和感がある。ただ大堂が、好意を前面に出して大切に触れてくれるから、快感に噎《むせ》び泣く自身を許容できるだけだ。それでも、抱かれて喘ぐ自分を誰《だれ》にも知られたくないと思う。

だから、最後まで不本意だった芝浦との関係は忘れたいし、記憶を蘇らせるものは排除したい。

大堂が出かけたあと気抜けして座り込んでいた玲司だったが、あたりが薄暗くなって来たことに気づき、衝動的に出かけることにした。こんな気分のまま一人でいると、マイナス思考に陥ってしまう。

行き先は、音量を絞ったジャズがかかる、一見寂れた印象の中井《なかい》のバー。カウンターとふたつのテーブル席しかない小さな店だ。

取り仕切っているのは中井という年配のバーテンダー。コンクールでグランプリを取ったこともある彼はその店を、こだわりの酒を揃え、酒好きの間では知られた、隠れた名店に仕上げていた。

大堂が行きつけにしていたのを、玲司も気に入って通い始めた。

いつ行っても、中井のチョイスに失望したことがない。温かな接客とそのときの気分にぴったりの酒を差し出され、

「すごい、どうしてわかったんですか」

と驚くことが多かった。

酒が主体だが、頼めばフード類も出してくれるので、腹ごしらえもできる。

身支度をしてマンションを出た。電車に乗る前に、駅近くの不動産会社に寄る。新しい物件がないか、担当者と話した。

大堂が何を言おうが決心は変わらないという、自分自身への意思表示だ。

「駅裏にできる新築の商業ビルなんですが、五階から上をマンションにする計画だということが今日わかりました」

「へえ～、それはいいな。間取りとかはっきりしたら教えてください」

「承知しました」

駅裏なら、この先どこかに就職しても通勤しやすい。大堂も、今より通いやすくなるから、すんなり受け入れてくれるかもしれない。

間取りや設備がどうなるか。それ次第で、いいようなら決めてしまおうと玲司は思った。長引かせてもいいことはない。何より大堂との言い合いは避けたいのだ。

そんなことを考えながら、中井の店に着く。

うらぶれた感じのドアを開けると、カウンターの向こうから中井が穏やかな笑みを向けてきた。

「いらっしゃいませ」

それに軽く会釈して、カウンター席に向かう。二つあるテーブル席は埋まっていたし、カウンター席も玲司が座ったら、あと一つしか空いていない。盛況のようだ。

中井は笑顔をこちらに向けながら、手は一時も休まず、客の注文で次々にカクテルや水割りを作っている。忙しいだろうに、決して慌ただしく感じないのは、中井の動作がゆったりしているせいだ。

フード類は奥の厨房《ちゅうぼう》で作っていて、この店は小森《こもり》というその料理人と中井の二人で切り回している。

ギャルソン風の長いエプロンを着けた小森は、ときおりこちらに出てきて、中井の手伝いもしていた。

ひょろりと背の高い青年だ。

飄々《ひょうひょう》とした性格で、名前は小森なのに、身体は大森《おおもり》だねとよく常連客から親しみを込めてからかわれていた。

彼が作る料理は小洒落《こじゃれ》ていて味もよく、酒の邪魔にならない献立なのは、中井の拘りをきちんと理解しているからだろう。

中井は座った玲司の顔色を見て、ちょっと考えるふうに首を傾《かし》げると、手早くプースカフェスタイルのカルーアミルクを出してくれた。

「ミルクで身体の疲労回復を、そしてアルコールで心の回復を」

別々に飲めるようにわざと混ぜなかったのだと言われて、思わず噴き出してしまった。

「そんなにわかりやすい顔をしていますか？」

「失礼ながら、屈託からくる翳《かげ》りが艶《つや》を増して、少々危ういです。今夜は大堂さんは？」

「出張で……。あ、でもそれが原因じゃないですよ」

一人が寂しいのかと納得されそうだったので、急いで否定した。大堂がいなくて元気がないと思われるのは癪《しゃく》だ。

「出がけにちょっと口論になりかけましてね。出張する相手を快く送り出してやれなかったのが気がかりで。それと口論になりかけた内容も」

ほっとため息をついてグラスを持ち、ミルク部分に口をつける。コーヒーリキュールの香りが、ミルクの味まで違うように錯覚させる。それでも味覚はミルクで、舌に優しい。

幾つか料理を頼んでそれをつつきながら、程よく間を開けて中井と話しているうちに、なぜだろう、もやもやとわだかまっていたものが消えていた。中井の醸し出す穏やかな空気のおかげかもしれない。

大堂ともっときちんと話し合ってみようと考えられるようになった。そもそも微妙な心理状態を説明するには、出がけの慌ただしい時間帯は不向きだったのだ。

玲司の両脇《りょうわき》が空き、店はようやくピークを過ぎたようだ。

「今、氷崎さんはずっと家に？」

中井が空いたグラスを下げながら聞いてきた。

「ええ。デイトレードみたいなことはしているんですが、基本在宅です」

「もしお手すきなら、この店を手伝ってくれませんか？」

「は⁉」

思いがけない申し出に、目を瞠《みは》る。

「最近お客様が多くて、手が回りかねることがあるのですよ」

それをいかにも不本意そうに中井が言うものだから、玲司はふわりと表情を和らげた。

中井のコンセプトからすれば、混み合った空間は不本意なのだろう。店が繁盛するよりも、客に寛《くつろ》げる時間を提供したい思いが優先するようだ。

そうした中井の拘りは随所に表われていて、玲司自身ここに来るといつも癒《いや》されている。今日も客は多かったが優雅に動く中井のおかげで、窮屈とは感じないでいられた。

「そうは見えませんでしたが」

玲司が思った通りに告げると、中井はいえいえと首を振った。

「お客様をお待たせしていました。特にテーブル席のお客様。ほかにもいろいろ手が足りなくて配慮が行き届いていません。ですので手伝ってくださる方があればいいな、と以前から考えていました。もし氷崎さんに興味がおありなら」

「興味はありますが。……でも俺は何もできませんよ？　カクテルの種類も、酒の種類もそんなには知りませんし。それとご存じのように同居人がいるのでいつもというわけには……」

「もちろん、氷崎さんの都合のいいときでかまいません。最初は誰でも、ベテランのようにいかないのはわかっています。まずは店のことに慣れていただくこと。技術や接客は、その中で徐々に身につけていただければと思います。一緒に働く方にまずわたしが求めるのは、店の雰囲気に溶け込める方です。氷崎さんなら、その点は問題ないと思ったからお誘いしたのですよ」

溶け込めると評価されたのが面映ゆく、玲司は時間稼ぎに店内を見回した。中井が作り上げた居心地のよいこの店に、自分が立つ姿を思い浮かべる。中井に認められて、胸が騒いだ。ぐらぐらと心が揺れる。

玲司と視線が合うと、客たちが不自然にさっと目を逸らした。なんなんだ？　と首を傾げながら、中井に視線を戻す。彼は下げたグラスを洗いながら、小さく笑っていた。

「なんです？　何かおかしかったですか？」

「皆さん、氷崎さんを見ておられたのですよ。先ほど申し上げましたように、今日の氷崎さんは艶が増している上に、隙《すき》がありすぎる。大堂さんが出張と聞いていなければ、お迎えに来ていただくよう、わたしからご連絡するところです」

真面目《まじめ》な顔で言う中井に、氷崎はなんと返していいかわからず、視線を逸らした。その玲司に、中井はすっとマティーニを差し出してくる。それは中井本来の辛口ではなく、大堂とここで会ったときの、スイートベルモットを使ったやや甘口のマティーニだった。

微笑《ほほえ》む中井はそれ以上語らないが、口に合うマティーニを嘗《な》めながら、玲司は中井の無言のメッセージを嚙《か》み締めていた。

些細《ささい》な諍《いさか》いのつもりで意外にダメージを受けていた自分に、出会ったときの気持ちが蘇れば互いの間に流れるぎくしゃくした空気も消えるだろう、と。中井が口にするとしたら、そんな言葉だろうか。

「もともと氷崎さんは、人と接するお仕事をなさっていたと聞いています。外に向かって開かれた方なのだと思いますよ。それなのに自宅に籠《こも》りきりだから、多少ストレスが溜《た》まっておられるのではないですか。で、つい些細なことも気に触ってしまう、とか」

「そうかも。喋《しゃべ》る相手が正吾だけという日もありますからね」

「小さなストレスも、寄り集まれば大きくなり、爆発します。普段からガス抜きをしておくことは大切ですよ」

「……だからここで働けと」

「はい、そうしていただければ、わたしが助かりますから」

中井は「わたしが」と言って、あくまでも自分の手助けが必要なのだと強調する。玲司が遠慮するのを、先回りして封じてくれたのだ。

確かにずっと家にいると、身も心も内側に向いてしまう。発散する場所は必要かもしれない。

今の生活に不満は感じていないと思っていたが、毎朝仕事に行く大堂を見送る都度、鬱屈が降り積もっていったのかもしれない。

「いつから来られますか？」

氷崎が乗り気と見ると、中井はさっさと詳細を決めていった。

「いつでも。どうせ空いていますから」

「では、明日から」

それはせっかちな、と思ったが、大堂は帰ってこないはずと、頷いた。

ほどほどのところで切り上げて帰宅する。パソコンを立ち上げてチェックしながら、明日は午後の早いうちに来てくださいと言われたことを思い出して微笑した。

店内の説明と、仕事内容の説明ということだった。

気持ちが沸き立ってきて、パソコンでチェックしている数字に集中できない。

「俺は遠足前の子供か」

自嘲《じちょう》しながら、取り引きから手を引き、メールチェックだけして電源を落とした。次の日の予定があるだけで心が浮き立つなら、自分は人との接触に飢えていたことになる。

中井の洞察力はたいしたものだ。

その夜、出かけるときの気まずさがあったからどうかなと少し危ぶんでいたが、いつものように大堂は、就寝時間の前にちゃんと電話してきた。彼の中では、諍いという認識ではなかったのかもしれない。

ま、あれは自分が苛立《いらだ》ちをぶつけただけだし。でもなんとなく意地で、こちらから電話する気はなかったから、中井のところでバイトすることを知らせることができてほっとする。

が、それを話す前に、大堂のぼやきに耳を傾けた。

『クライアントに条件の一つを撤回させたら、別な難題を持ち出してきた。さすがに俺もみんなもうんざりしてね。有望な会社だったけど、別の提携先を探そうということになったんだ。時間がかかりそうでうんざりしている』

「見つかるまで一度こちらに帰ってきたら？」

『そうもいかない。候補はすでに絞ってあるから、相手が決まったら、直ちに俺自ら口説きに行けって三坂《みさか》が』

そこで大きなため息。次の対策は三坂がしっかり立てているようで、落ち込む理由はないというのに、大堂の声に覇気がない。どうしたのかと思ったら、とんでもないことを言い出した。

『なあ、こっちへ来ないか？　パソコン持参なら玲司の仕事はここでもできるだろう？　スイートを確保してあるから、一人増えてもどうってことないし』

「仕事で行っているのにそんなことできるわけないだろう。三坂さんたちがどう思うか」

ぴしゃりと撥《は》ねつけたら、大堂がいきなりスネスネモードになった。

『そっか、玲司は俺がいなくても平気なんだ。そうなんだ。俺たち新婚なのになあ』

「ば……っ。何を言い出す……！」

心が通じ合って同棲《どうせい》もしている身だが、あからさまに新婚と言われると、いたたまれない。

「どうしてくれる。顔が赤くなったぞ」

見えないとわかっていて、顔を押さえてしまう。耳朶《じだ》は熱いし、顔も真っ赤だ。頭から湯気が出そう……。

『赤くなっているのか？　くそ、どうして俺は今そこにいないんだろう。玲司の赤面した顔なんてレアものなのに。うわあ、見たい見たい』

「うるさい！」

照れ隠しに怒鳴って通話を終わらせようとしたら、『なあ』といきなり低い声がした。ぞくりとするような甘い声だ。

『玲司が欲しい……』

官能的な声音に鳥肌が立った。受話口から聞こえる、耳許を擽《くすぐ》るような大堂の声。すぐ側にいると錯覚しそうなのに、実際は新幹線で二時間半かかる距離にいる。触ってほしいと思っても手は届かない。それが、悔しかった。

「……仕方ないだろ。仕事なんだから。いいからもう寝ろよ。どうにもならないことを言い合ってもしようがない」

諸々《もろもろ》の思いをぐっと呑《の》み込んで素っ気ない返事をする。

『冷たいな。恋人がこんなに欲しがっているのに』

深い渇望を滲ませた声に、背筋に何度も電流が走る。震えるような息が漏れ、腰に血流が集まっていく。

俺にどうしろというんだ、と言い返そうとしたのに、こくりと唾《つば》を飲み込んだだけで終わった。

声は出せない。出したら、感じたことがばれてしまう。

『……玲司、今感じただろう。俺もそうだ、おまえの吐息で一気にキた』

欲望を含んだ声がとろりと脳髄《のうずい》を溶かしていく。その声に追い詰められた。

「違……っ」

否定しようとしたとき、受話口から微《かす》かな呻《うめ》き声が聞こえた。思わず息を呑む。

「正吾、何をしているんだ」

まさかと疑いながら尋ねるとくぐもった笑声が耳に届き、そのあとで耳を疑うような台詞《せりふ》が届いた。

『ヤってる。そのまま何か喋っていてくれ。おまえの声でイけそうだ』

「なっ……」

風呂《ふろ》上がり、部屋着でベッドに凭《もた》れかかっていた玲司は絶句し、きつく目を閉じた。電話の向こうで、よりにも寄って大堂は自慰をしているというのだ。自分の声をおかずにして。

『玲司、何か話せって』

荒い息の合間に促される。馬鹿《ばか》、できるか、と胸の中で吐き捨てた。それこそ上擦った声しか出せなくて、大堂をさぞ喜ばせるに違いない。

そして彼は、帰ってきたら言うのだ。『玲司の欲情した声でイった』と。

冗談じゃない。そんなことさせるものか。

だが声を出すまいと唇を嚙み締めたせいで、押し殺したような吐息が漏れていることに、玲司は迂《う》闊《かつ》にも気がつかなかった。しかも自身を愛撫《あいぶ》することを無理やり我慢しているせいで、その吐息がやけに艶《なま》めかしくなっていることにも。

『ああ、いいな。声もいいが、その吐息もそそられる。……もしかして、玲司もヤってるのか？』

玲司は瞑《つぶ》っていた瞼《まぶた》をカッと押し開いた。まるで火に触れたかのように、無意識に触れていた股間《こかん》からパッと手を放す。

そこは見ただけでわかるほど顕著に膨らんで、ズキズキと痛みさえ覚えていた。

何をしているんだ、俺は。これじゃあまるでテレフォン……。

胸の中で呟いた台詞が、耳に飛び込んできた。

『テレフォンセックスもたまにはいいなあ。なあ、聞かせろよ。おまえのそこ、どうなってる？』

魔が差したに違いない。正気ならこんな馬鹿げたことに付き合うはずがないのに、淫靡《いんび》に潜められた正吾の声に、唆されるように告げていた。

「勃《た》ってる。正吾のせいだ」

『そうだな、俺のせいだ。苦しいか？』

頷いて、それでは向こうには伝わらないと声に出す。

「苦しい」

『じゃあ、狭いところから出してやれよ。出たがっているんだろ？』

促されて躊躇《ちゅうちょ》しながら、それでものろのろと手が動く。スエットのズボンを下着と一緒にずらし、自らのモノを露出させた。硬くなった昂《たかぶ》りを、そろりと撫《な》でる。

「あ……」

快感が、腰から脳天まで一気に突き抜けていく。

『くっ。……馬鹿、なんて声出すんだ。危うくイくところだったじゃないか』

不満げな大堂の声は届いたが、堪《たま》らず自慰をし始めた玲司の耳を素通りする。固くなった幹を撫でてさすり、無心に手を動かして快感を掻き立てる。気持ちいい。はっはっと喘ぎながら密事に没頭する。

『なあ、おい、触っているのか？　……ヤってるようだな。おい、胸に触れよ』

馬鹿なことをと思いながら、携帯を肩と首の間に挟み、言われたように掌《てのひら》を胸に這《は》わせ、乳首を摘《つま》んだ。

『摘んで、揉《も》むんだ。ほら、すぐに芯《しん》を持って固くなってきただろ。感度がいいんだ、ちっちゃくて可愛《かわい》い、俺の大好きな玲司の乳首は』

言われたように指を動かしていると、触っているのは自分なのに、大堂の指の感触が蘇る。彼は、こんなにソフトには触らない。ときおり強く摘んで、爪《つめ》を立てたり痛いほど引っ張ったりするのだ。痛いと言うと、すぐに力を抜いて、今度はサワサワと柔らかく、羽毛が触れるようにそっと触ってくる。痛いのは嫌なのに、そんなふうに優しくされるともどかしかった。もっと強くと自分から胸を突き出してねだってしまう。

重い身体が覆い被《かぶ》さってくる。大堂は何度もキスを繰り返し、濃厚なキスを仕掛けたあとは、唇と舌で玲司の身体を探索し始めた。指で苛《いじ》めた乳首を口に含まれ吸引されると、頭の中が真っ白になるほどの快感が押し寄せてくるのだ。

だがなぜかそのときは、いつまで経《た》っても指の愛撫で、待っているのに唇は触れてこない。

「なん、で……。ここ、キスして。足りない、もっと」

『馬鹿、煽《あお》るな。くそ、まるで生殺しだな。おまえがそこで悶《もだ》えているかと思うと、堪らない』

耳許で悔しそうな呻き声を聞いて、ああそうだったたと、現実に引き戻される。玲司は大堂と電話しながら一人で自慰をしていたのだ。

妄想が途切れて素に戻りかけたとき、受話口から大堂の荒い息が聞こえてきた。自らを追い立てているらしい。そのときの大堂の顔が脳裏に蘇り、玲司も再び昂揚《こうよう》に包まれた。

耳許で聞く大堂の押し殺した息に総毛立ちながら、玲司はぎゅっと目を閉じた。

互いにほとんど同時にラストを迎える。

しばらくは息が苦しくて声も出なかった。脱力した手を見下ろして、生々しい液体を見る。青臭い匂《にお》いが室内に充満していた。大堂も似たような香りを嗅《か》いでいるのだろう。

『……なんか、病みつきになりそうだ』

ようやく息が整ったらしい大堂が浮かれたように呟《つぶや》き、玲司は今さらのように彼に引きずられてこんなことをしてしまったと顔を顰《しか》める。悔しいことに、自分の方はまだ息が荒く、まともに声が出せなくて、大堂の回復力にはとても敵《かな》わない。

何度も唾を飲み込んでカラカラに渇いた喉《のど》を湿らせ、どうにか言葉を押し出した。

「もう切る」

『あ、おい待てってって』

「仕事、頑張れよ」

待てと言っているのにかまわず通話を切り電源も落とした。携帯電話を投げ出し、もう一度シャワーを浴びに行く。部屋を出る前に窓を開けて換気もしておいた。生々しい匂いが残ったままだと、何度も記憶を刺激されていたたまれなくなるからだ。

さっぱりしてベッドに横になったが、眠りはなかなか訪れない。

この自分が、電話の大堂の声でイったなんて。つい頭を抱えて悶えてしまう。

大堂に中井の店でバイトをすることになったことを伝え忘れたことを思いだしたのは、翌日になってからだった。


初日は掃除の仕方から、客へのサーブの仕方、カウンター内にいるときの立ち姿のレクチャーを受ける。結果中井のようにいつもよい姿勢を保つのは、なかなかの重労働だということを知った。

「少し休憩しましょう」

と言われてへなへなと椅子に座り込み、肩や腰をトントンと叩く。途中仕込みのためにやってきた小森がそれを見て、くすくすと笑った。

「きついですか？」

雇い主になっても丁寧な物言いを崩さない中井に気遣われ、玲司は「大丈夫です」と首を振った。

「普段だらけていたことがよーくわかります。中井さんの身のこなしはとても優雅で素敵《すてき》なので、この際少しでも真似《まね》できるよう頑張ります」

本気の褒め言葉と決意だとわかったのだろう。中井は柔らかく微笑んだ。

「では鬼軍曹のようにびしばしと鍛えさせていただきましょうか」

「え!?」

優しい物腰とうらはらの厳しい言葉に、思わず「お手柔らかに」と弱音を吐いていた。

初心者の玲司の仕事は、中井が作った酒をテーブルに運んだり、空いたコップや皿を下げ、来客に備えて席を整えること。そして下げた食器類を洗うことだ。

カウンターはぴかぴかだし、グラス類も曇り一つなく磨いてある。それに準じてとなるとなかなかハードルは高そうだ。

「自分が嫌なのですよ、きちんとしていないと」

中井は控えめに言ったが、その拘りが、客の心地よさを生んでいるのだろう。

一緒に開店前の掃除をしながら、玲司は礼の言葉を口に乗せた。

「働くように誘っていただいてありがとうございます。中井さんに言われるまで、自分が鬱っぽい状態にいたことに気がつきませんでした」

「いいえ、助かるのはこちらの方です。氷崎さんのように華のある方が店にいてくだされば、とずっと思っていたものですから」

中井に褒められると身体のどこかがむず痒《がゆ》くなる。そんなたいそうな自分ではないとの自戒を込め、あらためて頭を下げた。

「……至りませんが、精いっぱい頑張らせていただきます」

準備がすべて整ったあとで、小森がその日の賄いを出してくれた。野菜たっぷりのてんぷら丼だ。

「オリーブ油を使ってますから、ヘルシーですよ」

それに汁と香の物がつく。

「おいしい」

思わず声が出た。称賛に、小森が面映ゆそうにしている。

開店時間を迎え、最初にやってきたのは顔見知りの客だった。バーテン姿でカウンターの内側にいる玲司に、戸惑ったような顔を向けてくる。

「今日からしばらくこちらでお世話になることになりました」

爽やかな笑顔つきで説明すると、その客は「春風だ」とぼそりと呟いて、テーブル席には見向きもせず、そそくさとカウンター席についた。じっと見つめられて困惑しているところを、中井にくすくす笑われる。その忍びやかな笑い声で我に返り、教わった通り、来た客におしぼりを差し出した。

カウンターなら注文は直接客が中井にするが、テーブル席にメニューやオーダー品を届けるのは玲司の仕事だ。

客は途切れなく続き、玲司が働いているのに一様に驚かれた。それへ接客用の笑顔を向けると、皆ふらふらとカウンター席にやってくる。

あとで中井に「招き猫のようですね」とからかわれた。

玲司自身も証券アナリストの頃は、整った顔と華やかな笑みを存分に活用していたが、しばらくそんな機会がないままだったので、コツを取り戻すのに時間がかかりそうだ。

だがはにかむような素直な今の笑みがいいと評判なのだから、無理して戻すことはないでしょうと中井に言われ、それもそうかと自然に任せることにした。来店客に好意を抱いてもらえるのならそれでいい。

閉店が近くなった頃には、さすがに脚が棒のようになった。たいしたことはしていないのに、と情けない自分の体力を嘆きながら、微塵《みじん》も疲れを見せずに酒を作り続けている中井を見る。開店から閉店まで、ぴんと伸びた背筋は微塵も揺らがず、顔には穏やかな笑みを浮かべ続けていた。

最初からは無理と思っているのに、負けず嫌いだから負けるのはやっぱり悔しい。

「最初から中井さんのようにしようなんて無理ですよ」

途中で休憩をもらったとき、厨房の隅の椅子に崩れるように腰を下ろした玲司に、小森が指を振りながら言った。

「それはわかっているけど」

脹《ふく》ら脛《はぎ》を揉みながら、自分の方が若いのに体力がないのは情けないと零《こぼ》す。小森が噴き出した。

「慣れですよ、慣れ。俺だって厨房を任されたときは張り切ってましたけどね。適度に力を抜くコツを中井さんに教わるまでは、肩や腕がパンパンになって、腕が上がらなくなったこともあったなあ」

「そんなもの？」

「そんなものです。いつもいつも全力投球では、続かないですよ」

年は玲司より若いが、経験年数が違うので言葉には重みがあった。

「そのうち慣れます」

きっぱり言われると、そうなのかなとも思う。

小森が淹れてくれた紅茶を飲んで、お茶請けにと出されたラスクをかじる。一息つくと少し楽になった。

「さて、また頑張ってくるよ」

話しながら手を動かしていた小森が振り向いた。

「なすのピリ辛炒《いた》め、もうすぐできますって伝えてください」

「了解」

休憩をもらったにもかかわらず、その日が終わると、身体はくたくただった。

「立ち仕事がこんなに辛《つら》いとは思いませんでした」

思わずぼやいた玲司に、中井は気がかりそうに眉を寄せた。

「続けられそうですか？」

「もちろん、続けます、というか続けさせてください。たった一日で音を上げるなんて冗談じゃない」

視線の端で、中井と小森が目配《めくば》せしてくすりと笑うのが見えた。玲司の勝気な言葉に苦笑を誘われたのだろう。

あちこちの鈍い痛みを堪《こら》えて帰宅する。大堂からはまだ連絡がない。予定がどうなったか連絡くらいしろよ、と思いながら風呂の準備をしていて、あっと気がついた。

「しまった、携帯の電源切ったままだった」

慌てて取り出してスイッチを入れると、不在着信が五件、メールが二件で、自宅電話にも留守電が入っていた。

「あっちゃあ」

自分のドジに嘆息する。連絡が取れなくて、大堂はさぞ心配しただろう。中井のところでバイトをすることもまだ伝えていない。

メールで『今帰った。風呂から出たら電話する』とだけ送っておいた。取り敢えず湯に浸《つ》かって身体を解《ほぐ》したい。

湯を溜めて、普段は入れないバスオイルを垂らした。シャワーでざっと身体を洗ってから、長々と脚を伸ばして座り込む。ジャグジーのスイッチも入れる。

泡立った湯が身体の凝りを解してくれた。たっぷり浸かってリラックスしてから、風呂を出た。大堂がじりじりして待っているだろうから、ろくに水滴も拭わずバスローブを纏い、ビールを飲みながら携帯を手に取る。

メールが入っていた。こちらから送ったメールへの返事だ。『待っている』とだけ。

「待てをされた犬みたいだな」

とくすりと笑う。もし大堂が犬なら、グレートデンあたりか。超大型犬を抱き締めてもふもふするのも楽しそうだ。

携帯のボタンを押すと、ワンコールで大堂が出た。じりじりして待っていたのだろう。

『玲司……』

ため息とともに名前を呟かれただけで、大堂の感情が伝わってきた。心配していた、ほっとした、何事もなくてよかった。それから、なんで連絡しない、いったい何をしていたんだという苛立ちも。

「すまなかった。携帯を切って忘れていたんだ」

『みたいだな。でもなぜだ？』

「中井さんの店を手伝うことになったから」

『はあ⁉』

大堂が素《す》っ頓狂《とんきょう》な声を上げ、玲司は経緯を説明した。聞き終えた大堂は、大きなため息をつく。

『決めたのなら仕方ないが、せめて一言相談してほしかった。帰宅して誰もいないのは寂しいだろうが。いっそ昼の仕事に就くよう勧めておけばよかった』

「俺が昼間の仕事に就いたら、深夜帰宅だぞ」

『それもやだ』

わざと駄々っ子のような言い方をして茶化《ちゃか》しているが、勝手に決めたことを面白くないと感じているのは伝わってきた。

「このことは帰ってから話そう。仕事に出ようと決めた理由もちゃんと言うから」

『理由なんかあるのか……、わかった』

電話では埒《らち》が明かないと大堂もわかっているのだろう。それ以上ごねずに承知し、その代わりいきなり、『愛している』と告げて通話が切れた。

一呼吸遅れて大堂の言葉が脳中枢に届く。ぼっと火を噴いたように顔が赤くなった。

耳から離した携帯を、玲司は呆然《ぼうぜん》と見つめた。

不意打ちだった。言うと同時に通話が切れたのは、大堂の確信犯だ。好きだとは何度も言われているが、愛しているという言葉は、まだ数えるほどしか聞いていない。

それを電話で！

面と向かって言うべきだろう、と憤慨しながらも、めったに聞けないその言葉に気持ちが騒いだ。

「次の電話で、今度は俺から言って驚かせてやろう」

言ったらすぐ、今の大堂のように電話を切って電源も落としてしまうのだ。大堂は自分が感じている浮き立つような喜びと同時に、もどかしい思いを味わうはずだ。

こんな他愛もないやり取りができるのは相思相愛だから、などという気恥ずかしい思念が浮かび、玲司はバッと頭から布団を被った。照れくさくて、自分の顔なんかとても見られない。

それから数日、玲司は店に出勤し、中井にいろいろレクチャーしてもらいながら仕事をこなした。慣れない事ばかりで身体は辛いが、気持ちは充実していた。日がな一日自宅に籠ってする仕事より、よほどやりがいはあるし、楽しい。

証券アナリストとは全く仕事内容は違うが、人と接し対話する仕事は自分に向いていると改めて確信した。

大堂からは毎日深夜に連絡があり、その時間まで仕事をしているようで、激務であることが伝わってくる。せめて身体を壊さないようにと伝えると、逆に気遣われた。

『そっちもな。夜の勤務はきついだろう』

「でも、楽しいから」

本音で告げると、苦笑が返ってきた。

『できれば家にいてほしいってのは、俺の我儘《わまま》か』

「どうだろ。一人で黙々とやる仕事は性に合わない、ということはわかったよ」

『玲司が楽しいのなら、仕方ないな』

週末にはなんとか帰れそうだと告げて、電話が切れた。

いろいろ問題のある出張のようで、珍しく大堂の声に覇気がなかった。帰ってきたら、顔を見てしっかり抱擁してやろうと思う。それが少しでも癒しになればいい。

今、駅に着いた、これからタクシーに乗ると電話があったのは日曜日の昼過ぎだった。向こうを発《た》つときに連絡してくれれば駅まで迎えに行ったのに、と恨めしく思いつつ、大堂を待つ。

十分ほどで、玄関の鍵《かぎ》が開く音がした。迎えに出た玲司が何を言う暇もなく、大堂が抱き締める。

「正吾、ここ、玄関」

慌てて制したが、大堂の耳には入らなかったらしい。

「ただいま。ようやく帰ってこられた」

ほうっと大きな息を零す大堂をなんとか中に引き入れ、ドアを閉じた。中に入れば、玲司も否やはない。大堂の身体に腕を回し、逞しい身体に密着して、帰ってきたんだと実感する。出がけに少し気まずい空気が流れたから、無事な姿を見て胸を撫で下ろした。

「玲司の匂いがする」

くんくんと鼻先を押しつけられて苦笑した。

「ちょ……っ、中に入れよ」

靴も脱いでないと促すと、大堂は頷いて従い、玲司を抱き込んだまま居間に向かう。

「昼は？　済ませてきたのか」

済ませたと肯定されたのでコーヒーでもと言ったが、

「いや、いい。今飢えているのは玲司にだ」

と言ってソファに座った大堂の膝《ひざ》の上に抱え込まれてしまう。

「……っ、正吾」

真っ昼間だぞと窘《たしな》めるのに「わかってる、ちょっとだけだ」などとおざなりに返しながら、大堂はあちこちに手を這わせてくる。背後から項に鼻先を押しつけられ、息がかかってぞくぞくした。背中には大堂の胸が密着し、体温が布越しに伝わってくる。玲司自身久しぶりの感触が嫌なわけではないのだが。

大堂の手は忙《せわ》しなく動いていて、シャツの裾《すそ》を引き出すと中に忍び込んできた。腹を撫で上に伸びてこようとする手を、ぴしゃりと叩《たた》いた。

「するならシャワーを浴びさせてくれ」

「なんで、汗の匂いなんかしないぞ。たとえしたって、俺は玲司の匂いは好きだ」

「俺が嫌なんだ」

強く主張すると、大堂は大きくため息をついて、わかったと言った。放してくれるのかと思ったら、そのまま抱き上げられバスルームに連れていかれる。

「正吾！」

「ジタバタするな、落とすぞ。おまえが浴びるなら、俺も浴びたい。たぶん俺の方は間違いなく汗をかいているからな」

脱衣所に下ろされ、大堂がシャツのボタンを外し始めたところで諦めた。

「いいよ、自分でするから。正吾も早く脱げって」

伸びてくる手を押しやって、その方が早いだろ、と口許を歪《ゆが》めてわざと淫蕩《いんとう》な表情を作る。

「玲司は俺を挑発するのがうまい」

苦笑しながら大堂も上着を脱ぎ、ネクタイを外した。休日用のラフな服装をしていた玲司の方は、さっさと全裸になり、先に洗い場に入っていく。後ろから大堂が物欲しげに裸の背中や腰を眺めているのを知っているから、わざと優雅に歩いて見せつけてやった。

バスタブに湯を入れながら、シャワーの下に立つ。湯を浴びていると、やってきた大堂が腕を回して抱き締めてきた。

「まだキスもしていない」

「誰のせいだ？　帰ってくるなり抱きついてきたのはそっちだろう」

皮肉気味に指摘すると、大堂は確かにと頷いた。

「あのときはまず玲司を抱き締めて温《ぬく》もりを味わいたかったんだ。欠乏症にかかっていてね、禁断症状が出ていたものだから」

「大げさな」

と返しながら、大堂が身体の向きを変えてくるのに素直に従い、自分から彼の唇を迎え入れた。何度か角度を変えて啄《ついば》むようなキスを繰り返したあとで、深い口づけに誘っていく。大堂が舌を差し入れてきた。それを躱して逃れて、大堂が意地になって追いかけてくるのを翻弄《ほんろう》する。

顎《あご》を捉《とら》えられ、動けなくされて舌を捉えられてからは、逆に積極的に絡んでいく。互いに技巧を尽くして、快楽を掻き立てた。

大堂がその証《あかし》を下半身を押しつける。力を持ち始めている双方の昂りが触れ合って、熱度を上げていった。

喘ぎながら唇を放し、肩に額を押し当てて一息つく。

「玲司」

堪らないと大堂に引き寄せられた。昂っているのは互いに隠せないし、隠す気もない。掻き抱き、掻き抱かれ、裸で密着すればその先を早くと焦る気持ちが湧《わ》き上がる。

促されてシャワーを止め、半分ほど溜まったバスタブに二人で入る。大堂が腰を抱いて後孔に指を忍ばせてきた。濡《ぬ》れているからか、割合スムーズに入っていく。抽挿しながら中をくじられ、狭い場所が少しずつ性器に変貌《へんぼう》していった。

二本目もさほど抵抗なく受け入れた。やや余裕のできた内部で、指を広げられ探るように動かされる。すぐに弱い部分に突き当たった。

「ああ……」

びくんと背筋が伸びる。そこばかり刺激されて急激に追い上げられた。昂りは限界まで膨張し、じわじわと蜜を滲ませていた。

三本揃えて突き入れられ、感じる場所を強く突かれた。頭の中が真っ白になる。その瞬間自分が達していたことがあとでわかった。

急激な到達感に、息が追いつかない。胸を喘がせながら大堂を睨《にら》んだ。

「どうして、俺ばかり。一緒に、イきたかったのに」

「俺もイったぜ」

「え？」

見下ろすと、確かにがちがちだった大堂のモノはやや力を失っているようだ。

大堂は手を伸ばしてバスタブの栓を抜きながら、啞然《あぜん》としている玲司にウインクした。

「一度イっておかないと、何をするか自分でもわからなかったからな。何しろ玲司欠乏症の末期症状で、つまりは野獣の一歩手前？　でもこれでじっくりおまえを可愛がれるし、一緒に楽しめる」

「可愛がるとか言うな」

力の入らない手で大堂の身体を叩く。その手を捉えられ、指先に口づけられる。

「挿《い》れてもいいか？」

さっきまで三本の指を呑み込んでいた後孔は、食い締めるモノを失ってひくついていた。つまりは臨戦態勢。だが大堂の方は、硬度は保っているものの、攻めるにはやや不足といったところか。

「まだ無理だろ、それじゃ」

するすると身体をずらし大堂の昂りを手に取った。

「おまえがしてくれるのか？」

大堂は嬉《うれ》しそうだ。その大堂に挑発する目を向けてから、わざと艶めかしく舌を閃《ひらめ》かせる。ピンク色の舌が唇から覗く映像に、大堂の視線が釘《くぎ》付けになった。視線を引きつけたまま、玲司はゆっくりと顔を伏せていき、大堂のモノをちろりと嘗めた。

「……っ」

ささやかな刺激のはずなのに、大堂の昂りに一瞬で芯が通った。さらにすっぽり銜《くわ》え込んで頭を上下させると、たちまち口腔《こうこう》内に大堂の先走りが溢《あふ》れてくる。舌で嘗め上げ、足らないところは手も添えて育て上げる。

いったん口から出し、唇の端に滲んだ唾液《だえき》と先走りを指で拭った。その仕草が大堂の目を引くと知っての上だ。

「たいした刺激はいらなかったな。もうこんなじゃないか」

その指でピンと弾《はじ》くと、大堂の先端からとくりと蜜が溢れた。

「玲司が誘惑してくれたら、俺なんてちょろいものさ」

苦笑しながら、玲司を自分の身体の上に引き上げ、

「挿れさせて」

大堂が喉に絡んだような低い声で求めてきた。その声と、欲を孕《はら》んだ強い眼差《まなざ》しにぞくぞくする。

玲司はちらりと後方にそそり立つ大堂自身を流し見て、手を放せ、と大堂の腕を叩く。大堂が言われた通りにすると、後ろ手に大堂のモノを握り取り、腰を上げて位置を調整した。

「無理するなよ」

期待しながらもこちらの身体を気遣って、手を添え支えようとする大堂に、玲司は鮮やかな笑みを見せた。

「しないさ。俺だって欲しいんだ」

その言葉と笑みにだろうか、触れていた大堂の昂りがぴくっと動き、蜜が溢れた。大堂が息を詰める。どうしたと視線を向けると、大堂はきつく眉を寄せて何かに耐えるように全身に力を入れていた。

「まさか、イく、とか？」

大堂の食い縛った歯の間から唸《うな》るような声が漏れ、緊張した気配にこちらまで固唾《かたず》を呑んでしまった。ややあって、大堂がふうっと大きな息を吐いた。

「あれは、反則だろう。いきなりあんな顔を見せられて、欲しいなんて言われたら。……危うくイきかけた」

何を言い出す、と胡乱《うろん》な目で見たがどうやら大堂は本気で言っているようだ。

自分にそれだけ影響されていると聞いて嬉しい気はするが、その分彼の心を自在に左右する責任感みたいなものを刺激された。徒《いたずら》や疎《おろそ》かにはせず大切にしなくては、と心に刻んだ。

大堂のモノを握り取っていた手に触れられ、先を促された。そうだった。いつまでもこのままでは互いに生殺しだ。

大堂に助けられながら腰を落としていく。

後孔に彼の先端が触れ、そのまま少し力を入れて呑み込んだ。狭い入り口が限界まで開き、圧迫感に呻きながらも、一番太い部分をなんとか中に収めることができた。

ふっといったん息を吐き、もう一度体勢を整えてじわじわと奥まで呑み込んでいく。ようやく最奥《さいおう》に行き着いて、大堂の腹の上に座り込んだ姿勢で、息を整えた。

「動けるか？」

密《ひそ》やかな声で尋ねられ、

「ちょっと待て」

と答える。

荒い呼吸が少し治まるまで大堂は動かず、その代わりに玲司の肌を撫でて感じる場所を刺激し、中の異物から意識を逸らそうとしてくれた。乳首を擽られて身じろぐと、体内に含んでいる大堂の位置が変わり、「あっ」と声が出た。

それはいかにも濡れて欲情した声で、大堂が堪らないとゆらりと腰を動かした。

「や、待って」

「待てない。玲司が悪いんだぞ。俺の忍耐力をすり減らして」

「ちが……、してない」

抗弁したが、大堂はもう聞かずに、玲司の腰を摑《つか》み緩く回してくる。玲司自身が萎《な》えないのを見て、中が馴染《なじ》んでいることを確信すると、気遣いながらも自らの欲望を追い始めた。

腰をしっかり摑まれて、下から突き上げられる。ぎりぎりまで抜き出しては一気に引き下ろす。狭い筒の中を凶暴な熱塊が行き来して、弱い部分を鋭く刺激された。

凄《すさ》まじい快感に襲われて、玲司は仰《の》け反《ぞ》って背筋を引き攣《つ》らせる。

「あ、や……、やめ、そこ、だめ……。溶ける、いや……っ」

否定の言葉を口走りながら、玲司の身体は正直に腰を振って快楽を追い求める。

激しい動きに倒れそうになるのを危うく止められて、そのあとは大堂に翻弄された。揺さぶられ、腰を弾ませながら、自分でもしっかり大堂のモノを食い締めて高みに登っていく。

大堂は小刻みに上下動を繰り返し、玲司の弱みを重点的に突き上げた。半身を起こして玲司の乳首を吸い、甘嚙みしては呻かせる。

そのあたりで、玲司はほとんど意識を飛ばしていた。本能のままに快楽を貪《むさぼ》り、大堂に促されては躊躇なく痴態を曝《さら》した。

貪るように口づけられ、自分からも彼の頭を搔き抱いて強く求める。舌を絡め合い唾液を啜《すす》り合い、その間も、腰の奥から押し寄せる快感の大波に髪を振り乱して惑溺《わくでき》した。

「イくぞ」

昂りを大堂に勢いよく扱《しご》かれ、それまでよりもさらに深く奥を抉《えぐ》られ、堪らずに絶頂に達した。嬌《きょう》声《せい》を上げ、夥《おびただ》しい蜜液を噴き出しながら玲司がイくと、大堂も間を置かずに砲身を弾けさせた。

勢いよく吐き出された飛沫《ひまつ》に、達したばかりの玲司の身体がビクビクと震える。

抱き締められ、荒い息を吐きながら力を失って凭れかかる。しばらくは指一本挙げるのも辛いほど脱力しきっていた。

なのに体内の大堂はいっこうに衰えを見せない。そのまま二、三度腰を動かして、あっという間に復活してしまった。

「や、そんな……。きつっ、あ、ああ……っ」

荒い呼吸が収まっていないのに、抜かないまま二回目に突入され、終わったときは息も絶え絶え。

ぐったりした玲司にシャワーを浴びせ綺麗《きれい》にしてくれながら、大堂はまだ未練たっぷりにあちこちにキスを繰り返していた。

奥を綺麗にするという名目で指を入れてこようとするから、駄目だとパチンと叩く。

「全然足らない、欲しい」

恨めしげに見る大堂に、「駄目だ、もう無理」ときっぱり拒絶する。

「なんでそんなに体力がないんだ～」

嘆かれて、「俺は普通だ」と言い返す。

「そっちが人間離れしているんだ。抜かずで連発なんて、並みの体力じゃないだろ」

その前にもイっているしとぼやくと、

「じゃあ、あとでなら、いいんだな」

などと言い出すから、「殺す気か」と非難の目で見てやった。

決して嫌なのではない。嫌ではないけれど、快楽のあとにつけを払うのがこちらだけというのは、なんとも理不尽だ。

腰は立たないし、身体を動かそうとすると、あちこちから鈍い痛みが湧き起こる。

それに対して大堂は欲求不満を解消し、玲司という活力剤を注入した、などと言って元気溌剌《はつらつ》だ。

自分が活力剤だと言い切られるのも面映ゆいが。

取り敢えずその場はなんとか思い止《とど》まらせて、風呂から出た。よろける身体を丁寧にケアされて、バスローブを纏って居間のソファに座らされる。時計を見ると、大堂が帰ってからもう一時間は過ぎている。帰宅早々盛るなんて、と玲司自身は少しばかり自己嫌悪だ。

大堂の方はまだ食べたりないが一応は満足した、つまり腹八分は食べた熊《くま》の様相を呈している。

甲斐甲斐《かいがい》しく飲み物を用意したり、髪を乾かしたりと至れり尽くせりなのだが、ぴたりと隣に座ってきて肩に腕を回して抱き寄せようとするのは、再戦を狙《ねら》っているのだろう。

気を緩めるとなし崩しに雪崩れ込まれそうだから、玲司は警戒している。

「ああ、帰ってきたなあ」

抱き締める腕は拒まずに身を委《ゆだ》ね、しみじみと独りごちる大堂には内心同意する。

大堂の不在は自分だって寂しい。この無駄に存在感のある男がいないだけで、部屋ががらんどうになる気がする。

以前は一人でここに住んでいたのにと思うと、自らの心の持ちようがおかしい。

そうした諸々《もろもろ》の複雑さを滲ませながらも、「頑張ったものな」と大堂の健闘を労《ねぎ》ってやった。

「本当に。こんなに手こずったのは初めてだぜ。最初の提携先に振り回されたってのが痛かったな。三坂が万一のときのために他社をピックアップしてくれていたから、助かった」

大堂の部下というかブレーンの一人である三坂は、見た目は草食系の穏やかな風貌だが、実際は一本筋の通った鋼のような芯を内面に備えている有能な男だ。

大堂がおおざっぱに物事を決めると、細かな実務を三坂が取り仕切って軌道に乗せていく。ほかにも大堂の周りには、人柄に惚《ほ》れ込んで集まってきた人材には事欠かない。

大堂を見ていると、企業は人だなとつくづく感じてしまう。

包容力があり人間的魅力に満ちた大堂だから、多くの仲間を引きつけるのだろう。

彼ら大堂を取り巻くブレーンの連中を羨《うらや》ましいと思うこともあるが、自分の能力はチームで何かをやり遂げる方向には向いていない。だから大堂に俺の仕事を手伝ってくれと言われても、首を縦に振らないでいる。

仕事で公私混同は絶対にしてはならないことだが、大堂が自分をさしおいて三坂たちを信頼し重用するのを見れば腹も立つし、逆に恋人の特権で大堂が自分に甘くなるのも、それはそれで嫌だ。

「三坂さんは一歩も二歩も先を見ている人だから、もしものときの備えも完璧《かんぺき》なんだろうな」

今は別の立場にいるから、素直に褒め言葉も出てくる。

「まあなあ。どこに勤めても頭角を現すに違いないから、なんで俺のところにいてくれるのか、さっぱりわからん。ま、ありがたいと思って、せいぜいこき使ってる」

「こき使われる方が、三坂さんも本望なのでは？」

三坂の人となりを思いながら玲司が言うと、大堂が破顔した。

「いやいや、いつも文句ばかり言われてるぜ。何もかも押しつける気か、そっちも仕事をしろとよく尻《しり》を叩かれてる」

「それは、ほんとに押しつけているからだろう」

ずばりと突っ込むと、「え？　いや、まあ」と顎を撫でながら大堂が目を逸らす。どうやら図星のようだ。

そんなふうに上下関係が密なところを垣間見《かいま》れば、やはりその中には入らない方がいいと強く感じる。妬《や》かなくてもいいヤキモチを妬いてしまうからだ。

「で、無事に提携できたと」

さりげなく話題を逸らした。肩を抱かれたままなので、身じろぐのが難しい。そっと身体を放そうとしたのだが、逆に強く抱き込まれてしまった。

「ああ。ただ、先方の条件を一つ呑んだから、それを即急に手配しなくてならない。共同で立ち上げるウェブサイトのデザインは「ＫＳ企画」に任せたいという。それくらいなら特に条件ということもないから、すぐに呑んだされ」

「KS企画?」

「そう、ウェブデザインの世界では、カリスマ的人気があるらしい。そこが手がけたサイトを幾つか見たが、華やかで見栄《みば》えのいいサイトだ。確かにあれなら人気も出るだろうな」

「そんなに人気があれば、すぐには受けてくれないのでは?」

「そこは交渉次第と考えている。……っていうか、さっきから俺の仕事の話ばかりしてるじゃないか。なあ、ベッドに行こう」

顔を寄せてきた大堂に、誘うような淫靡な声で囁《ささや》かれる。もし玲司が女だったら、その声だけで妊娠しそうな官能的な声だ。

玲司は警戒するように大堂を見た。

「今日はもう無理だって言ったよな」

「わかっている。玲司を壊したいわけじゃないからしないさ。ただこの腕に抱いていたいだけ」

「寝るにはまだ早い時間だけど」

「もう。一眠りしたいんだって。夕べはほとんど寝ていないんだぜ」

新幹線の中で寝たんじゃないかと思ったが、何もしないと誓う、と片手を挙げて宣誓の仕草を真似る大堂の希望を聞くことにした。玲司だってたった数日でも、孤閨《こけい》は寂しかった。

ベッドに横たわってしばらくは伸びてくる手を撃退する攻防が続いたが、やがて疲れていた大堂が先に寝てしまい、玲司もごそごそと身じろいで寝やすい体勢を取ってから、眠りについた。

結局目が覚めたのは深夜近くで、コンビニで調達した寂しい夕食を、互いに起きなかった責任をなすり合いながら取ることになった。


相変わらず忙しく動いている大堂と、夜仕事に出始めた玲司とは擦れ違いが続いたが、寂しいときはなるべく密に連絡を取り合った。

少しずつその日常に慣れていき、カクテルの種類も覚え始めた頃、初めての客が入ってきた。まだ若い。二十代の半ばあたりか。

革のジャケットにパンツ、編み込みのブーツ、インナーはショッキングピンクのラメ入りTシャツ。耳にシルバーのピアス、首や腕、指にもじゃらじゃらとアクセサリーをつけているが、ぱっと見ハーフのような派手な美貌にそれらはうまくマッチし、決して下品には見えなかった。

身長は玲司よりやや低いようだが、手足のバランスがいいのでそうは見えない。

かなり酔っているようで、足許がふらついていた。

「え？　ここバーなの？」

呂律《ろれつ》が回らない舌で呟きながら、珍しそうに周囲を見ている。

「なんだかしょぼい店だね」

ふらふらしながら入ってきて、つけつけと思ったことを垂れ流す。酔って理性が飛んでいるのか。これは要注意だと玲司が密かに気を引き締めていると、男はなんとかカウンターまで辿《たど》り着いて、崩れるように腰を下ろした。

おしぼりを差し出すと「ありがと」とにこにこ笑いながら受け取り、「あれ？」とそれを鼻先にぶら下げてクンクン嗅いでいる。

「レモンかな？　柑橘《かんきつ》系の匂いだ。すごい、ここまで気配りしてるんだ。洒落た店だね」

たった今しょぼいと言った口で、大げさに感嘆している。もともと悪気はないのだろう。

「ご注文は？」

と促すと酔眼を上げて酒類が並んだ棚に目を凝らし、いきなり立ち上がった。身体を乗り出して、棚を凝視する。

「わあすごい。グレンリベット、オールドセントニック、エドラダワー、グレンエイボン、マッカラン、バランタイン、それに山崎。ちょっと何これ、ウイスキーの品評会みたいじゃない」

「ワインもございますよ」

目をきらきらさせて感激されては、ついワインの棚にも視線を誘導してしまう。

「ブランデー、コニャック、それにリキュール類も充実しております」

中井が自分の舌で集めた逸品ぞろいだ。この店のウリと言うべきで、説明しながら玲司の胸にも誇らしさが込み上げてくる。それだけもうすでに、働いているこの場所への愛着が育っているのだろう。愛国心ならぬ愛店心。

ちらりと見ると、中井が苦笑している。

「じゃあカクテルもいろいろできる？」

乗り出したまま、酔っ払いがうきうきと尋ねてくる。見た目よりも子供っぽい物言いや態度なのは、酔っているせいか。

「もちろんです。当店にはグランプリを取ったバーテンダーもいますから」

「すごい……」

言いながら酔っ払いが拍手する。「氷崎さん」と玲司の背後から中井が窘める。

酔っているとはいえ客に手放しに称賛されて、つい浮き上がってしまった。こほんと咳払《せきばら》いし、あらためてオーダーを尋ねる。

「うん、ちょっと待って。カクテルもだけど、まずはウイスキーだよね」

酔っ払いはああでもないこうでもないと悩んでから、皮切りに山崎の五十年を頼んできた。一本百万円で売り出された日本の最高級ウイスキーだ。

「おいしい、まろやか〜」

舌鼓を打ちながら飲み干して、次の注文も度数の高い酒だった。味わいながらも速いピッチで空けていく。ウイスキーのあとはワイン、そしてカクテルに移る。中井が心配そうに目配せしてきて、玲司もこれ以上はストップさせなければとはらはらし始めた。座っていても、男の身体がぐらぐらと揺れているのが見て取れたのだ。

オーダーストップですと、やんわり伝えようとしたときだった。泥酔した客はカウンターの隣にいた客にしなだれかかり、絡み始めた。

「ねえ、聞いて？　オレね、すごい人なんだ。この年で自分の会社を持ってんの。その筋では有名人なんだよ。あんたは何してる人？　会社員？　駄目だなあ。男なら一国一城の主《あるじ》でしょうが」

隣の客は迷惑そうに身体を放す。普段は酒量を心得、店の品格を落とさない客ばかりだが、たまにこういう客が来ることもある。

「なんだよ。俺の話が聞けないって!?」

いきなり声を荒げる男に店内がしんとなる。完全な酔っ払いだ。

まずいなと思った玲司は中井に「タクシーを呼んでください」と耳打ちすると、素早くカウンターの後ろから出て、その客の反対隣に座った。そして甘いはんなりした笑みを、酔っ払いに向ける。

「わたしがお伺いしましょう。なんでもおっしゃってください」

艶《あで》やかな笑顔で相手の意識を搦《から》め捕り、同じことを繰り返す相手の話に熱心に聞き入るふりで、中井の「タクシーが来た」という合図まで男の注意を引き続けた。

そのあともうまく宥《なだ》めながら客を立たせ、表に連れ出してしまったのだ。

「あんた、いい人だなあ。また来るよ」

追い出されたとも知らず、玲司の接客で、相手は気持ちよくタクシーに乗って帰っていった。

店内に戻ると、テーブル席の客が「お見事」と声をかけてきた。それに会釈して、

「お騒がせしました。ごゆっくりどうぞ」

と返し、カウンターの内側に戻る。

さっきの酔っ払いに絡まれかけていた客も「助かったよ」とほっとした顔で、飲み直したあと機嫌よく帰っていった。

店が終わったあと、中井からあらためて礼を言われる。

「相手に不快を与えないでお引き取り願えたこと、対応が鮮やかでした。さすがです」

褒められると面映ゆい。自分のはただのテクニックだから。中井ならまた別のやり方で、客をいい気分で帰したことだろう。

「方法の問題ではないですよ。いらしてくださったお客様を、それがどんな方であれ、不愉快な気持ちでお帰ししないように努力するのがこの店の方針ですので、結果オーライです」

その言葉に深く頷きながらも、なかなか難しいことだと独りごちる。今回はたまたまうまくいったが、いつも成功するとは限らない。努力しようとは思うけれども。

「ですが、氷崎さんの笑顔をあんな酔っ払いに見せてやるのはもったいなかったなぁ」

奥から、厨房の片づけを終えた小森が、ひょいと顔を出した。騒ぎになりかけたとき、いつでも加勢できるように様子を窺《うかが》っていたのだという。

「二人で並んでいるところ、お花畑みたいだったけどね。あの酔っ払いも、顔だけは綺麗だったし」

「確かに。氷崎さんは硬質な美貌をお持ちですから、花にたとえたら純白の薔薇《ばら》、それに対してあのお客様は、ゴージャスな真紅の薔薇でしょうかねえ。どちらも大輪で、目の保養ではありましたが」

「中井さん、ナイス。ほんとそんな感じだったよね」

小森がパチッと指を弾く。

花に喩《たと》えられて、玲司は眉を寄せた。女性ならともかく、男の自分が薔薇だなんて。酔っていた客の華やかな容姿は、確かに華麗な薔薇のイメージだったけれど。

帰宅すると、大堂も帰ったばかりなのかシャワーを浴びていた。深夜をとうに超えた時間だ。いくら頑健とはいえ、ずっとこんな調子では身体を壊す。

出てきた大堂は玲司を見て「帰ってきたのか」といそいそと抱き締めにきた。湯上がりの温かな肌がふわりと玲司を包む。自分からも手を回しながら、大堂を見上げた。

自然に顔が近づき、キスを交してから、

「まだこの状態が続くのか?」

心配していることを伝えたら、あとちょっとという返事だった。

「KS企画と繋《つな》ぎができたから、うまく依頼を受けてもらえば俺の手を離れる。そうなれば息がつけるだろう」

「定時で帰れるとか?」

揶揄《やゆ》すると大堂が苦笑する。

「それはさすがに無理だろう。午前様にはならないのと、休日が確実に確保できるくらいかな。これまでの激務を考えたら、それでも御の字だ」

あ～、玲司といちゃいちゃしたいとぼやくから、いつもしているじゃないか、と突っ込んでやる。

確かに帰宅は遅いがベッドは一つだし、たまにある休日は部屋で寛いでいることが多い。同じ部屋にいれば別々のことをしていても、一体感がある。何気なく触れ合ってもいるし。

「まあな。この部屋は居心地がいいから、あ……」

言いかけて気まずそうに大堂が口籠る。玲司が部屋を探していることを思い出したのだろう。

「なあ、どうしてもここでは駄目なのか？　俺はいい部屋だと思うけど。動線がよく考えてあって生活しやすい設計だし、周囲の環境もいい。部屋は広いし設備も整っているし。もったいないと思うんだが」

この部屋の利点をいちいち挙げていく大堂の言葉を聞いているうちに、心が冷えてきた。

さりげなく大堂を押し退けて一歩下がり、固い声で告げる。

「もう目星をつけた物件があるんだ。はっきりしたら教えるよ」

「玲司……」

嘆息したあとで大堂は、玲司の機嫌を伺いながらも主張してきた。

「なあ、確かにここはおまえの部屋だが、一緒に住んでいる俺にも、一言言う権利はあるんじゃないかな」

玲司の表情が強張《こわば》る。

「いいぜ、言っても。聞くかどうかは保証しないけどな」

硬い声で玲司が返すと、大堂はゆっくりと首を振った。

「喧嘩《けんか》腰で話すことじゃないだろう。俺はただ、いつまでも芝浦に拘ってほしくないだけなんだ」

切なそうに告げられても、そのときの玲司の心には届かなかった。大堂には自分の気持ちがわからないと、頑《かたく》なになるだけだった。

そのまま気まずい沈黙が続いて、大堂が無理やり笑みを浮かべた。

「こんな深夜に喧嘩はよそう。ほら、シャワー、浴びてこいよ。ベッドで待ってるから」

和解のつもりか大堂がそう言って、玲司も頷いて踵《きびす》を返す。

だが、胸のもやもやは一層ひどくなった。芝浦に拘ってほしくないという言葉が大堂の嫉妬《しっと》から出たものだなどと、そのときの玲司に気づく余裕はなく、ただ自分の気持ちをわかってくれないと相手を責める言葉だけが胸の中で溢れている。

シャワーを浴びたあとも、すぐに大堂のいるベッドルームに行く気にはなれず、のろのろと髪を乾かし、飲みたくもないビールを飲んだ。寝不足で目が痛くなり頭痛までしてきたので、仕方なくベッドルームに向かう。

何か言われるか、あるいはこちらから言わなくてはならないか、と警戒していたのに、ベッドの大堂は高いびきで寝ていた。

「なんだよ」

一気に気が抜けて、ベッド脇に立つ。なんの悩みもなさそうに寝ている脳天気な顔を見て、なんだか腹が立った。こっちはいろいろ悩んでいたというのに。

鼻を摘んでやろうかと手を伸ばしかけ、子供かと自身を戒めて、そっと傍らに身体を横たえた。小さく吐息を零し、大堂に背中を向けた途端、ひょいと伸びてきた腕に引き寄せられ身体が密着した。

「な……っ、起きていたのかっ」

思わず頭を振り向けて詰《なじ》ったが、当人はいったん途切れたいびきを再開し、夢の中にいるらしい。うつつ状態で玲司の気配を感知して抱き締めてきたようだ。

眠っていても玲司を抱え込もうとする大堂に、最初は身体を硬くしていた玲司も、次第に力を抜いていった。諍いはしても、嫌いになったわけじゃない。包み込むように抱かれると、ほっとした。

ぬくぬくと繭《まゆ》にくるまれたような心地よさに、睡魔が襲ってくる。ほどなく玲司は、くーくーと静かな寝息を零し始めた。


大堂のいびきが、ふと止まる。起こさないようにそうっと玲司の顔を覗き込み、乱れている髪を梳《す》いてやりながら囁いた。

「なあ、いいかげんに芝浦の影を振り払えよ。俺だって嫉妬するんだぞ」

髪の毛にキスを落とし、愛《いと》おしそうに撫でてから、玲司を緊張させないために狸寝《たぬき》入りをしていた大堂が、ようやく本当の眠りに落ちていく。


「こんにちは～」

明るい声で言って店にやってきたのは、この間の酔っ払いだ。声は明るいが、ばつが悪そうな顔で玲司を見ている。

「いらっしゃいませ」

と穏やかに返すと、ほっとした顔になり、いそいそと入ってきて玲司の前に座った。どうやら明るい声は、空元気だったようだ。

「何をお出ししましょうか？」

「ハイボール、薄めでお願いします」

自分の失敗を自覚している注文だ。

前回泥酔したことを自分なりに反省したのだろう。玲司が中井を見ると、作ってあげて、と視線で促された。微笑んでいるところを見ると、玲司と同じく好感を持ったのだろう。

ハイボールを作って乾き物と一緒に差し出すと、相手は「どうも」と言いながら手を伸ばした。こくりと飲んでからグラスを戻し、あらためて玲司を正面から見る。

「この間は迷惑をかけて。すみませんでした」

視線を移し、中井にも謝罪するように頭を下げた。

「お気になさらずに。それより無事に帰宅されたようでよかったです」

中井が気遣いの言葉を返す。

「えっと、中井さん？　そう言ってもらうと、救われます。いつもはあんなに飲まないんだけど。その、オレ、桜田《さくらだ》と言います。この間はいろいろあって、つい羽目を外して飲んじゃいました」

胸のプレートで中井と読み取って、桜田が言葉を続ける。その間もちらちらと玲司の方を見るから、わかりますよというように微笑んで、言葉を添えた。

「どうぞもうそのことは……。これからお馴染み様になっていただければそれで十分です」

「もちろん、通ってきます！」

玲司の誘いに、桜田は勢いよく身体を乗り出して言った。そしてそんな自分に慌てたように身を引き、あわあわと言い訳を口にする。

「こんなに品揃えのいい店は初めてだから」

「ありがとうございます」

そのあと桜田は、ようやくリラックスした顔になり、薄めの酒をオーダーして適量を飲み、食事ができると聞いて「本日のオススメ」を注文した。スズキのムニエルを食べて「おいしい」と目を丸く

し、付け合わせまで綺麗に平らげてから嬉しそうに笑った。

「こんな店があるともっと早くから知っていたら、オレ通い詰めていたなあ。一人暮らしになって、料理を覚えるまで悲惨だったんだよ」

気を許したのか、タメ口になって玲司に話しかけてくる。玲司がそれは大変でしたね、とあいづちを打つと、桜田はそのときの苦労を面白おかしく話し続けた。そして、

「あのときさあ、酔ってはいたけど記憶が飛ぶほどじゃなくて、氷崎さん？　が親身に話を聞いてくれて、ほんと嬉しかったんだ。……また来るね」

と言って、まだ素面《しらふ》の内に帰っていった。

言葉通り桜田はそれからちょくちょく店に通ってくるようになり、たいがい玲司の前のカウンター席に座った。そして他愛のないことを話しては、酒と料理を楽しんで帰っていく。初回のように泥酔することは決してなく、元々は自制の利いた性格なのだとわかる。本人も「羽目を外すのは年に一度あるかないか」と言っていた。

それだけ嬉しいことがあったか、あるいは逆にストレスが溜まりまくって限界だったか。

「自営というか、仲間数人でちっちゃな事務所を構えているからいろいろあるんだよ。いいことも悪いこともね」

酔っていたときに言った会社の実体はそれ、と照れ笑いしている。年は二十六歳だという。それで独立しているのだから、規模はともかくたいしたものだと思うが、それなりの苦労も多そうだ。

黙っていれば華やかな美貌もあって声がかけづらい雰囲気だが、玲司と話すときは気を許しているせいか、喋り方も態度も砕けている。なんだか弟みたいで可愛い。

客と従業員の枠を出ないように心がけながらも、次第に親しくなっていく。

閉店後、片づけをしながら中井にもそれを指摘された。

「懐かれたようですね」

お客様にこんな言い方をしては失礼かもしれませんが、と。

そんなふうに揶揄されるほど、桜田は玲司一筋だ。いつもカウンター席で、それもできるだけ玲司の正面に座ろうとする。

「なんとなく、弟がいたらこんな感じかなって思うんですよ」

玲司が言うと小森が首を突っ込んできた。

「ああ、そんな雰囲気。仲よさそうで目の保養だよ、どっちも美形だから。ねえ中井さん、氷崎さんがカウンターに立ちだして華やかになったなあと感じていたけど、桜田様がいらっしゃるようになってもっとキラキラしくなったと思いませんか。特に氷崎さんとのツーショットは目の保養」

「小森君、何を言い出す……」

狼狽《ろうばい》して止めようとしたのに、その前に中井が同意してしまう。

「確かに、そこだけお花畑みたいになっていますね」

「……中井さんまで」

玲司は嘆息して、早く片づけて帰りましょうと手の止まっていた二人を促した。

最近家に帰るのが少し気が重い。大堂と何があったわけではないのだが、この家を処分して引っ越すという玲司の計画が、互いの間にずっとわだかまっているからだ。

「どうしても言うなら、ここは玲司の家だし、自由に処分する権利はある。だがせめて、俺にも意見を言わせてくれ。同居者として、希望するところを告げるのくらいは許されるだろう？」

極力玲司の機嫌を損ねないように気を使って話す大堂に、罪悪感を持つ。自分が我が儘勝手をしているようにも感じてしまう。それでも譲れないから。

「引っ越すのを前提なら、意見は聞く」

頑なな自分に、大堂は失望しただろうか。

噛み合わないまま、決定的な喧嘩は避けようとするから、もどかしい。前は黙って同じ部屋にいても気まずいなどとは思ったこともないのに、最近は気詰まりだ。大堂の仕事がまだ忙しくて、休日はなんとか取れるようにはなっても普段は遅いのがかえって救いだった。

ため息をつく時間が次第に増えていく。

そんなある日、桜田が満面の笑みを浮かべて店にやってきた。

「何かいいことがあったのですか？」

キラキラオーラも眩《まぶ》しく、まるで聞けと言わんばかりに期待に満ちた眼差しを向けられては、聞かないわけにはいかない。苦笑しながら水を向けると、待ってましたと破顔された。

「うん、好みど真ん中の彼を見つけたんだ。取引先というか、これから関係ができる依頼先なんだけどね。逞しくて頼り甲斐がありそうで、包容力もあって。何より声がいい。低くて声量があってうっとり聞き惚れたよ。もう完全な一目惚れ」

あまりに堂々と言われて、玲司はさっと周りに目をやった。店内はまだ開店直後ということもあり、空席が目立つ。桜田の両隣に誰もいないのが救いだ。

「大丈夫、ちゃんと見てるよ。オレだって馬鹿じゃないもん。誰彼かまわずカミングアウトなんてしませんん。……でも、氷崎さん、気にしてくれて、ありがと」

つけつけと言い放つ勝気さと、礼を言う素直さに苦笑する。しかしこの場合、なんと返せばいいのか。内容から、桜田の相手が男とわかったものの、こんな公の場所でべらべら喋る類《たぐい》の話ではないと思う。よかったですねと言っていいものかどうか。

カウンターの同じ側にいる中井は、完全なポーカーフェイスを保ち、対処は玲司に一任といったところか。だったら、腫《は》れ物に触るような扱いはするまいと決めた。普通の男女のように、ただのコイバナとして扱う。

「一目惚れですか。いいですね。わたし自身は久しく味わっていない感覚です」

注文されて中井が作ったカクテルを桜田の前に置きながら、なんでもないことのように言った。

「あ、綺麗」

思わず出たような桜田の台詞通り、ブルーハワイの綺麗な青に、パイナップルの黄色と蘭《らん》の赤紫が鮮やかだ。

カクテルを口に運びながら、桜田は上目遣いでちらりと玲司を見る。やや細められた鋭い瞳《ひとみ》には、普段玲司の前で見せている親しみやすさは微塵もなかった。胸の奥に一つの覚悟を秘めたしっかりした顔つきだ。

「氷崎さんなら、普通に受け止めてくれると思った」

こちらの反応を窺うためにわざと言ったのだと明かす。害のない綺麗な熱帯魚に、実は鋭い牙《きば》があった、みたいな衝撃。

「ずっと通っていると気を許しちゃうから、きっとどこかでぽろりと喋っちゃうと思ったんだ。だったら早い内にばれた方が、対処もしやすいでしょ。受けるダメージも少なくて済むし」

ずいぶんとこなれた物言いだ。そういう性癖なら、いろいろ苦労もあったのだろう。少数派の彼らには世間の風が冷たくあたるときもある。

「買い被ってくださるのに恐縮ですが、これくらい普通ですよ」

「そんなことないって、偏見って強いからさ。もちろんそれに負けるようなオレじゃないけどね」

そう言って、桜田はがらりと雰囲気を変え、いつもの人なつっこい笑顔になった。

「これで安心して惚気話《のろけ》ができるよ。氷崎さんならなんでも聞いてくれそうだ」

にこにこ笑う表情には、ついさっきこちらの思惑を見定めようとしたときの厳しさは、微塵も感じられない。

嫌な印象は受けなかった。人には幾つもの顔があると当たり前のことを思ったにすぎない。

桜田も、気を許した相手に見せる顔、警戒する相手と対するときの顔、友人と知人、プライベートと仕事の顔もまた違うだろう。

さらにマイノリティである彼は、通常より細心にそれらを使い分ける生活してきたに違いない。この店が、そんな彼にとって心癒せる場所であればいいと願う。

そういえば、自分も今はその仲間だった、と同性と付き合っている自らを振り返っておかしくなる。自身のことは頭になかった。それだけ大堂との付き合いが普通で、異端と認識していなかったのだ。

桜田が帰ったあと、玲司は中井に助言を求めた。

「あれでよかったんでしょうか。あんなふうに不意打ちでカミングアウトされて、びっくりはしましたけど」

「十分ですよ。酒席の秘密は、お墓まで持っていくのが定めですから、桜田様もこれで安心してここへ通ってらっしゃるでしょう」

「はい」

その一件があってから、桜田は本当に遠慮なく一目惚れの進行状況を玲司に報告するようになった。

たいがい開店直後の、まだ客があまりいない時間にやってきては、楽しそうに話していく。冗談を言ったら笑ってくれた、笑顔が爽やかで素敵だった。甘いものは苦手。コーヒーにはミルクを淹れる。野菜より肉が好き。仕事熱心。

相手の名前も知らないのに、『彼』の知識が増えていく。

「なんというか、知れば知るほど、オレの理想なんだよね」

ほうっとため息を漏らして、桜田が悩ましげな顔をする。綺麗なだけになんとも色っぽい、はた迷惑な顔だ。

ちょうど奥から料理を持って出た小森が、突っ立ったままぽうっと見惚れている。玲司に声をかけられて我に返り、そそくさとテーブルに置き、慌てたように厨房に戻っていった。

小森はちょうど付き合い始めの彼女がおり、よそ見などしない時期なのに。

恐るべし、桜田パワー。

「仕事の上で知り合った人だから、仕様が固まったら会えなくなるんだよ。あとはこっちでの作業になるしね。それが残念で、最終局面を引き延ばしていたんだけど、もう限界かな。仕事はちゃんとしなくちゃね。本末転倒になって嫌われたら元も子もないから」

大げさに嘆くふりをするから、ちょっと同情して、

「食事にでも誘ってみたらいかがです」

と助言した。プライベートのメアドの交換に成功すれば、そのあとも声をかけやすいですよと。

「あ、それいいね。最初は誰かほかのメンバーも交えてさりげなく……」

言いかけて桜田は、「あああ、しまった〜」と頭を掻き毟《むし》りながらカウンターに突っ伏した。

「どうしました？」

いきなりだったので何事かと、顔を覗き込むようにすると、

「どうしよ、肝心なことを確かめてないよ、オレ」

桜田は、カウンターに懐いていた顔をパッと上げて玲司を見る。

「彼が男も許容範囲なのかどうか、わからない」

「それは、困りましたね……」

縋《すが》るような顔を向けられても、玲司に解決策はない。当たり前のことを言うくらいしか。

「こればかりは、聞いてみるしかないですね。まず今現在彼女がいるのか、または過去にいたのか、くらいは世間話の範疇《はんちゅう》ですから、聞きやすいのでは？」

「でもさ、彼女がいたら、オレって対象外じゃん」

そんなあ、とがっくり気落ちする顔を見せられると、なんとかしてあげたいと庇護《ひご》欲がそそられる。

表情豊かな彼は、造作なく相手の感情を搦め捕るのだ。

「そうとは限らないでしょう。男は潜在的にホモセクシュアルの素質があるそうですから。あとはそれが表に出るかどうかの違いだそうですよ。その方も何かきっかけがあれば……」

「そうなの？　たとえば氷崎さんも？」

期待してますと描《えが》いた顔で見上げられて、返事に困った。ここで否定したら、またがっかりされそうだ。といって肯定するのも……。

「微妙ですね。高校時代、部活の先輩に憧《あこが》れたこともありますから、ないとは言いきれませんが」

大堂とのことを考えれば、本当は「ありますよ」と話すべきなのだろうが、店の客にそこまでプライバシーを明かす気にはなれなかった。

桜田のことは好ましく思っているが、玲司にとっては大堂の方が大切だ。うっかり玲司が喋ったことで、事業を軌道に乗せようとしている彼にゲイ疑惑が降りかかってきたらどうなるか。今の世間の様子を見れば、おそらくなんらかの形でマイナスになる。

「なんか歯切れが悪いね。オレのこと信用してないんだ。誰かに吹聴《ふいちょう》すると思っている？」

「そうではなく、自分でも曖昧《あいまい》なので話せないだけです」

それ以上の詮索《せんさく》をされないためにきっぱり言い、この話題はここまで、と明確に線を引く。桜田は残念そうにしながらも引き下がった。

大堂がコーヒーにミルクを淹れるのを見ていて、そういえば桜田の『彼』もミルク派だったなとふと気がついた。甘いものは苦手だし、野菜よりは肉食系だ。笑顔が爽やかで、仕事熱心。

桜田が上げた、一目惚れした『彼』の特徴は、そのままそっくり大堂にも当て嵌まる。

「つまり正吾が普遍的、ということ？」

呟いたら、「なんだって？」と聞き返された。のんびりしている日曜日の午後。大堂は居間でコーヒーを飲みながら新聞を読んでいて、玲司はその隣で、中から勝手に抜き取った株式欄をチェックしながら、ちらちらと大堂を窺っていた。

実は不動産屋から提案された物件を、一緒に見に行かないかと誘うタイミングを計っていたのだ。

決める前に大堂の意見を聞くくらいはしようと。

大堂の問いに、なんでもないと返そうとして気が変わる。何気ない会話を交して、それから切り出した方が言いやすい。

「店に来る客が好きな人のことを惚気るんだけど、それが全部正吾にも当て嵌まるなって、ちょっと思ったから」

玲司はさらりと言ったのに、大堂は目を丸くした。

「つまり、相手は男ということか？」

「まあ、そうなるかな」

「……今どきはそんなに簡単に公言するものなのか？　中井さんの店は、その種の連中が集まる店ではなかっただろう。あ、いや、無頓着にばらしまくっている俺が言うことじゃないが」

玲司はくすりと笑う。

「確かに三坂さんを始め、紹介してもらった全員が知ってたのはびっくりした。経緯が経緯だから仕方ないし、その分隠さなくていいから気は楽だったけど」

「そう言ってもらうと、俺もほっとする。信頼する相手に、隠し事をするのもなんだかなあ、と思って。ま、これは俺の勝手な理屈だが。で、話を戻すが、その客は、自分の彼のことをなんと言っていたんだ？」

「うん、まだ彼じゃなくて、今アプローチしているそうだけど……」

玲司は大堂に、コーヒーにはミルクを淹れて飲む、など桜田が上げた特徴を語って聞かせた。

「笑顔が爽やかで仕事熱心か。確かに当て嵌まるな。当然いい男なんだろう？」

うんうんと満更でもなさそうだ。玲司は微笑した。

「みたいだね、その人にとっては。俺は会ったことないけど。ところで俺も話を戻すけど、正吾が信頼する人たちをこき使ってやっていた仕事は一段落したんだ？」

茶化すような言い方はしたが、心配していたのも本当だ。大堂が破顔した。

「したした。いい加減に目処《めど》をつけないと反乱を起こされそうだったから、やれやれだ。会社に泊まり込んでたのもいたしな。KS企画側がいろいろ細かくチェックして注文をつけてきたから、引き延ばしたあげく断るつもりかと一時は疑ったが、なんとか無事、仕様打ち合わせが終わった。今は向こうが、たたき台になる試作品を作ってくれている」

なんかどこかで聞いたような、と首を傾げている間に、大堂が玲司の手首を摑んで引き寄せた。

「これで定時は無理だが、人間らしい生活になる。寂しい思いをさせたな」

バランスを崩して大堂の腕に転がり込んだ玲司をきゅっと抱き締めながら、大堂が耳朶をぺろりと嘗めた。

「ちょ……っ。誰も寂しくなんか……」

「玲司が寂しくなくても、俺が寂しかった。この温もりが恋しくて」

そう言われると、意地っ張りの玲司も角を折る。強張っていた身体から力を抜いて、大堂にその身を添わせていった。

一人でいることに慣れていたのに、短い間に大堂に、人の温かさに慣れさせられてしまったから、テレビを見ても食事をしても、一人では寂しいと感じてしまう。責任を取れと詰りたいほどだ。

「昨日は一段落した記念に飲みにいったので、皆羽目を外していた。三坂が片っ端からタクシーに押し込んで、ようやくお開きだ」

言いながら大堂は、玲司を抱え込んだまままころんとラグの上に転がり、背後から抱え込んで満足そうにため息をついた。項に息を吹きかけながら、前に回した手で物欲しそうに胸を撫でている。かと思ったら、耳朶をガジガジと甘噛みし、唇を滑らせてこめかみや頬《ほお》に口づけた。

唇の端まで来たのに口づけないで行き過ぎようとするから、自分から首を捻って少し無理めな体勢でキスに誘い込んだ。舌を絡め合って、じっくりと相手のそれを楽しむ。熱がじわりと上がって、身体の中に疼《うず》きが湧き起こった。

「……っ」

陶酔していたら、舌先を嚙まれてちくっと痛みが走る。痛いのは嫌だと意思表示するために大堂の顎を押し退けようとしたとき、硬い髭の感触を掌で感じた。今朝は髭《ひげ》を剃らなかったようだ。

無精髭もワイルドでいいと、ざらざらする顎を撫でていると、ちくちくする指先からじんと痺《しび》れが広がる。

大堂がわざと項に顎を押しつけてきた。

「擽ったい」

思わず首を竦《すく》め、振り向いて大堂を睨む。大堂は切ないような渇望を秘めた眼差しで、玲司を見つめていた。

ああ、そうか、と玲司は遅まきながら大堂の気持ちを察した。昨夜、仕事が一段落して帰ったとき、大堂も一人で寂しかったのだと。

終わった、疲れた、苦労したなんてことを話したかったのに、玲司はいない。

申し訳ないという思いが自然に湧いてきた。これまで大堂の帰宅が遅くて嚙み合わない生活だったから、何も思わずに中井の店で働くことを選んでしまったが、通常の時間に帰ってこられるなら、一緒に過ごす夜の時間は大切だ。

シフトを組んでもらって、一日おきとかでは、中井に迷惑になるだろうか。

話すだけは話してみよう。

そんなことを考えている間に、大堂の手はするりと腰に下りていった。前をさらりと撫でられて、我に返る。快楽を知っている身体がぴくりと跳ね、握り込もうとした指を、慌てて摑んで止めた。

このまま雪崩れ込んだら、話ができなくなる。

「正吾……」

「なんだ」

大堂はすっかりその気のようで、ぐいぐいと後ろから押しつけてくる腰は早くも昂っていた。くぐもった声で「欲しい」と言われたら、玲司も感じてしまう。

「……ぁ、駄目だって、正吾」

「なんでだ」

不満そうな声が返ってくる。

「出かけようと、……んっ、思っていて」

間に喘ぎ声が入ったのは、大堂の反対側の手が尻の割れ目に忍び込もうとしたからだ。

だが、出かけようと思っていて、と玲司が言うと動きが止まり、真意を問うかのように覗き込まれた。

「どこへ？」

声が弾んでいる。玲司がデートに誘ったと思ったのだろう。不動産屋にとは言いづらくなり、玲司は曖昧に手を振った。

「どこって、いろいろ。ぶらりと歩いて、買物があればそれもして。外で食べて帰ればいいかなと」

言いながらちくんと胸が痛んだが、玲司はすぐにその罪悪感を振り払った。本当にそうすればいいのだ。その合間に、ちょろっとマンションを見に行こうと誘えば。

自分に言い訳をしながら、玲司は無理やり笑みを浮かべて大堂を見た。

「どうかな」

大堂は少し考えてから、「わかった、そうしよう」と悪戯《いたずら》をしていた手を引いた。

抱き込まれていた姿勢から起き上がると、温もりが離れていく。それが少し寂しいと感じるのは、玲司の身勝手だ。

服を着替え、部屋を出た。大堂が駐車場から車を回してくると言ってくれたので任せて、その間に不動産屋に連絡を取る。余裕をもった時間を告げて、検討しているマンションで落ち合うことにした。

「ショッピングモールでいいよな」

場所は郊外だが、たいていのものが揃うのでよく利用している。玲司が提案すると大堂も頷いて、まずはそこへ向かうことになった。

玲司は成り行きで提案したので特に買いたいものはなかったが、大堂は目的があるらしく雑貨専門の店に入り、陶食器コーナーでマグカップを手に取った。

「マイカップ、家にあるだろ」

大きな手にしっくりくる肉厚の陶器をしげしげと見ている大堂に声をかけると、振り向いてにやりと笑い、こそっと囁いてきた。

「お揃いのやつが欲しくて」

「ば……っ」

じわりと顔が赤くなった。そんなことを考えていたなんて。

確かにそれぞれのマグカップはあるが、家にあったものをそのまま使っているので、形も色も全く違う。

「ついでに箸や茶碗《ちゃわん》や湯飲みも。いいのがあれば揃えたい」

食器棚に同じ意匠の器が並んでいるところを想像して、玲司の顔はますます赤くなった。

ちょっとだけ、いいな、と思ってしまったのだ。

思った途端に、何を少女趣味なと慌てて否定したが。

「買いたいものがあるから、隣へ行ってくる」

口早に告げると、なぜか大堂が眉を上げ、おかしそうに口許を歪めた。

なんだ？　とは思ったが、品定めする大堂の側にいるなんていたたまれない。その場を離れるのが先と、急ぎ足で出入り口に向かう。それを、腕を摑まれ引き留められた。

「まあ待てよ。俺の趣味で勝手に決めちゃまずいだろう。玲司の好みも聞きたい」

顔を上げられなくて目を伏せたまま、放せと腕を引き抜こうとした。

「任せる。特に好みはないから」

「そうは言ってもなあ。長く使うものだし。気に入ったものの方がいいだろ」

こちらの気も知らず、大堂に「ほら来いよ」と引っ張られる。

「だから、いいって言ってるだろ！」

思わず乱暴に腕を振り払うと、大堂が唸って腕を摑み直した。

「なんだよ、こっちがせっかく……、玲司？」

言いかけて、ぴたりと言葉が止まる。玲司が赤くなっているのに気がついたようだ。腕の力が緩み、するりと抜けたのを幸い、

「とにかく、正吾が気に入ったのを買ってくれれば、俺はそれでいいから」

口走って、急いで隣の店舗に向かう。なんでこんな羞恥《しゅうち》プレイみたいなこと。大堂が選ぶ傍らで口出しをしたり、一緒にレジに行くなんてできるわけがない。男二人でお揃いの陶器を買うんだぞ。店員が何を思うか。

「考えただけで、恥ずかしい」

手で汗の滲んだ顔をぱたぱたと煽いでいると、なんだか周囲の視線が痛い。見回すと、そこは少女向けの可愛い品が揃ったアクセサリーショップ。さすがに玲司は場違いだ。

慌てて店を出て、はあっとため息をつく。ドア越しに大堂が立っていた。笑っている。玲司がアクセサリーショップに入って飛び出してくる一部始終を見ていたようだ。

さっきの笑いは、こうなるのがわかっていたからなのだろう。

見てんじゃねえよ、と乱暴に呟き、大堂の顔を睨みつける。

むっと唇を尖《とが》らせていても痛痒《つうよう》は感じないのか、大堂は手にしていたマグカップをちょっと上げてみせる。これにするぞと言いたいのだろう。

なんでもいいから早く決めろ、と大きく頷いてやる。

それ以上うろうろする気をなくして、通路に置かれた休憩用の椅子に座り、大堂が出てくるのを待った。

ほどなく、大きな紙袋を下げて、大堂が出てきた。

「茶碗も同じシリーズのものにした」

それでいいと了承し、あらためて大堂に尋ねた。

「なんで今さら、揃いの食器にしようと考えたんだ？」

「住み始めてからずっと思っていたさ。でも買いに行くなら一緒がよかったし、俺はずっと忙しくてそんな余裕もなかっただろ？　今日は玲司に誘われていい機会だと。というところで、俺の用事は済んだが、玲司も何か買いたいものがあったんじゃないか？　付き合うぜ」

上機嫌の大堂に、不動産屋との約束を告げるのは気が進まなかった。そもそもの目的がそれだとわかったら、引っ越しに反対の大堂は面白くないだろう。

だが、あのマンションに住み続けるのは、どうしても嫌なのだ。

マンションは自分のだし、売るのも移るのも俺の自由。

強いてそう言い聞かせ、玲司は挑むようにぐいと顎を上げた。

「マンションを見に行かないか？　よさそうなところがあったんだ」

そう言ってしばらくは、大堂はじっと玲司を凝視したまま黙っている。非難されていると感じた。が口では反論してこない。その代わりの雄弁な視線が強くて痛くて、つい目を逸らしてしまった。

気まずい沈黙が続いて内心で焦っていると、ようやく大堂がわかったと告げた。

「約束は、何時だ。もう決めているんだろう？」

平静な口調だからこそ、押し殺した怒りを強く感じたが、玲司が時間と場所を告げると時計を見て頷く。

「じゃあもう行った方がいいな。あのあたり、途中がいつも渋滞しているから」

車を停《と》めた駐車場に向けて歩き出す大堂の背中を、玲司は呆然と見つめた。次第に腹が立ってくる。

こちらは大堂の機嫌を損ねまいと気を遣っているのに。何、その態度。

「怒っているなら怒っていると、態度に出せよ！　だんまりを決め込むなんてずるいだろう」

出されたら困るのは自分なのに、苛立ちのあまりそんな言葉を吐き出していた。

大堂はちらりとこちらに目を向けたが、

「別に言うことはないからな」

と素っ気なく返すだけ。大人の態度には見えるが。

「ないはずはないだろ！　そんな不機嫌丸出しで！」

「言っても無駄なんだろ。どうせ俺は居候だからな。家主様についてどこへでも行くさ」

その言い方に腹が立ち、しかし同時にほっと安心した。矛盾した気持ちなのは、大堂がマンションについて皮肉な言い方をしながらも、離れる気はない、一緒に行くと言ってくれたからだ。

自分の望みを問答無用で押しつけて、そのくせ大堂が離れていくのを恐れている。だったらマンションを移ると言い張らなければいいのかもしれない。けれども、あそこに住んでいると、芝浦の影につきまとわれているような気がして我慢できないのだ。

見学するマンションに着くまで、二人とも無言だった。口を開けば、諍いに突入することがわかっていたから、用心深く距離を保つ。

不動産会社の担当者が待っていて、内部の見学はスムーズに進んだ。部屋は２ＬＤＫ。リビングダイニングは、今の部屋より広かったが、問題はほかに部屋は二つしかないこと。バスルームは狭いし収納場所も少ない。ここに移る気なら、家具の処分が必要だ。

大堂が、本当にそれでいいのか、という目でちらりとこちらを見た。いいわけない、と思いつつも、その目に挑発されて、「ここでいい」と返事をする気になった。

だが口を開こうとしたとき、機先を制した大堂に、

「少し考えさせてください」

と言われてしまう。

「ちょっ……！」

文句を言おうと勢いよく振り向いたら、穏やかに窘められた。

「引っ越すのは止めないが、今の家より狭くて不便なここはやめた方がいい」

そのあとで担当者に「そうですよね」と同意を求めた。

仕事柄、玲司が住んでいるマンションを知っている担当者は、否定できない。商談が流れるのを残念そうにしながらも、肯定した。

大堂が割って入ってくれて、馬鹿な決断をしなくて済んだ。よかったはずなのだけど、面白くない。担当者に礼を言ってそのマンションを出たあと、玲司は黙ったままでいた。礼を言うべきだと頭ではわかっていても、意地が邪魔をして言えない。

「なあ」

と運転しながら大堂の方から話しかけてきた。

「何？」

玲司が短く答える。不機嫌がモロ出しだ。

「今のマンションを手放して引っ越すの、俺はあくまでも反対だが、どうしても転居したいのなら、せめてグレードを上げる方向で検討しろよ。今度はオレもいるんだし、一人で払おうなどと思わなくていいだろ」

「あ、ああ」

静かな口調で真っ当な意見を言われた玲司は、バツが悪い思いで頷いた。張り詰めた気持ちが、少し緩む。

「それと、もう一つ。中井さんのところを辞めて、俺と仕事をしないか？」

それでもまだ意地を張って前方を凝視していた玲司は、驚いて大堂に視線を向けた。運転中の大堂は、視線を動かすことはなかったが、玲司の驚きを感じたように苦笑していた。

「あそこは中井さんと厨房の小森君だけで十分な規模だろ？　別に玲司がいなくてもいいんじゃないか？」

いなくていいという言い方にかちんときた。確かに十分な戦力になっているかと言われたらまだまだだが、早く力になれるように、頑張って仕事を覚えている。それをいらない人間のような言われ方は心外だ。

「正吾の会社で何をしろと？」

素っ気ない言い方になった。内心の苦みがそのまま声音に滲んでいる。大堂が推し量るような目をちらっと向けてきた。

「すぐに何かをしろとは言わないさ。業務内容を知ってもらって、それから何ができるか考えれば。もともとおまえが出資してできた会社だ。ふんぞり返って取締役室にいるだけでもいい。そうしたら少なくとも俺の目の保養にはなるな」

「役にも立たない相手に、給料を出すのか？」

突っかかるように言ってしまった。大堂が宥めるように提案してくる。

「だったら、経理ならどうだ？　証券アナリストなら、経理面は得意なんじゃないか」

「何を言い出すかと思えば。アナリストと経理は全然違う。一から勉強し直さなくちゃ俺には無理だ。そんなことをするくらいなら、しばらくは中井さんのところに居させてもらって、その間にアナリストの仕事を探すよ」

「それなら仕方がないが……」

言いかけて言葉を切ると、大堂はそのまま黙ってしまった。ちらりと見ると硬い顔をして唇を引き結んでいる。拒んでばかりの玲司が面白くないのだろう。

朝の穏やかな空気、そしてデートだと浮き立った空気を経て、今は互いの気持ちがわだかまったまま離れてしまっている。沈黙が気まずいが、何を話していいかわからない。何を持ち出しても地雷を踏むことになりそうだ。

夕食を食べて帰るという雰囲気ではなくなり、真っ直《ます》ぐマンションに帰ってきた。玲司を降ろした大堂は、「ちょっと頭を冷やしてくる」とそのまま出かけてしまう。

薄暗くなった道路を遠ざかるテールランプを見送って、玲司はため息をついた。迷路に入り込んで、互いに手探りで出口を探しているようなもどかしさがある。

理解してほしいと願うのは、無理なことなのだろうか。

「元気がないですね。何かありましたか」

開店の準備をしているとき、中井に声をかけられた。大堂との間に流れる不協和音に悩まされているが、態度に出したつもりはなかったから驚いた。

「すみません、気をつけます」

「ああ、いえ、注意したのではないのですよ。ちゃんと感情を抑えて普通に振る舞っておられますから。ただなんと言いますか、影が薄いと感じたので、何か不調なのかなと」

「……ちょっと、よく眠れなくて」

昨夜も同じベッドに横たわりながら、不自然に離れていた。うとうとするとはっと目が覚めて、熟睡できないまま朝になる。

極力いつもと同じに振る舞って、一緒に朝食を食べ「いってらっしゃい」と送り出した。

「今日はKS企画と正式調印を交わすことになっている。そのあと接待もあるので、少し遅くなるから」

などと大堂も、その日の予定をきちんと話してくれる。互いにこれ以上関係を悪化させたくない、という配慮が働いているのだ。その分、腫れ物に触るように手探りでもどかしい。

だが、このまま取り繕っていても、いずれ限界が来ることはわかっていた。話し合うべきなのだが、どうきっかけを作ったらいいのか。

自分がマンションを移る決心を変えない限りは、話しても平行線のままのような気がする。

「大堂さんと喧嘩ですか？」

ぎくりとしたが、中井は大堂と自分が一緒に暮らしているのは知っているので、躊躇《ためら》いながらも頷いた。

「意見が合わなくて。互いに譲らないものだから、気まずいんです」

「話し合いはきちんとされましたか？　反対する中に、ほかの理由が潜んでいることもありますよ」

「ほかの理由？」

「ええ」

今のマンションを引っ越すのはもったいないとか、いろいろ面倒《めんどう》だとか、以外に理由がある？

考えていると、記憶の中からぼんやりと大堂の言葉が蘇ってきた。

『俺はただ、いつまでも芝浦に拘ってほしくないだけ』

そうだ、確かにそう言っていた。大堂からすれば、当然の気持ちだろう。

拘るのは気にしているからで、芝浦とのことを過去にできていない自分は、大堂からすれば囚《とら》われているということになる。

その象徴がマンションを移転することだとすれば、大堂は当然反対するだろう。

でもそれは大堂の理屈。

玲司だって、忘れてしまいたいのだ。けれどどうしてもあの屈辱を完全に振り払えない。ならば、芝浦にほんの少しでも関係するすべてを切り捨てるしかないではないか。

考え込んでいると、中井に詫《わ》びられた。

「かえって迷わせてしまいましたね。申し訳ないです」

「いいえ、自分の頭を整理することができて、ありがたかったです」

「そう言っていただけると……。さて、開店の時間です。今日もよろしくお願いします」

「こちらこそお願いします。気にかけてくださって嬉しいです」

ひとまず悩み事は脇に置く。

開店と同時にやってきたのは桜田だった。弾むような足取りで入ってきて、玲司の前に座る。

「今日はシャンパンから」

「お祝い事ですか？」

「うん。大きな仕事が決まって、今日契約書を交わしてきた。向こうのトップから食事に誘われたんだ。ほら、オレが一目惚れした相手。一流の料亭を手配してくれて、著名な板前が作った料理をごちそうになってきたよ。本当は仕事をもらうこちらが接待するべきなのにね。そう言ったら、次はぜひ招待してくださいって、うまいよね。もう絶対口説き落としたい」

拳《こぶし》を握って力説する桜田を微笑ましく思いながら、胸の中では、あれ？　と首を傾げていた。大堂の今日の予定に重ならないか？

そういえば、一目惚れした相手の特徴と大堂が重なっていたし、桜田が最終局面を引き延ばしていると言ったとき、大堂も、ＫＳ企画側がいろいろ細かいことを言ってきて、引き延ばしたあげく断るつもりじゃないかとぼやいていた。

　まさか桜田の相手は大堂？

　思いつくと確かめてみずにはいられなかった。

「つかぬ事をお伺いしますが、桜田さんはどういったお仕事をされているのですか？」

「あれ？　言ってなかった？　ウェブデザインを請け負う会社なんだよ。ＫＳ企画といってね」

「ＫＳ企画……」

　疑いが当たったことで、こんな偶然もあるのかと驚く玲司に、

「ＫＳってのは桜田輝晶《きしょう》からつけたんだ。安直だろ。……これ、名刺」

　照れながら桜田が名刺を差し出してきた。

「頂戴《ちょうだい》いたします」

　玲司は両手で丁寧に名刺を受け取る。桜田は中井にも渡して、

「お店のＨＰを作るときは、ぜひご用命ください。知り合い価格で安くするから」

と言ったあとはすぐに真面目な表情を崩し、「なんちゃってね」と笑い出した。

　シャンパンのあと注文されたカクテルを中井が作るのを見ながら、玲司は驚きを極力顔には出さないようにしていた。

　つまり桜田は大堂に一目惚れして、アプローチしているわけだ。大堂は一言もそんなことは言って

いなかった。胸にもやもやと不快感が湧いてくる。

「どうしたの？　氷崎さん。なんか顔が怖いよ」

首を傾げながら桜田に言われて、ぎくりとした。一瞬素のままの顔をさらけ出してしまっていた。

「あ、すみません。いろいろなお仕事があるのだなと考えていました」

「そう？　氷崎さんも何かあったら、よろしくね……ひっく。あれ、飲み過ぎたかな」

契約をしたので気持ちが昂揚したのか。いつもより少ない酒量なのにしゃっくりが出ている。

「大丈夫ですか？　少し薄めになさった方が」

「うん、そうして。さすがに二度と醜態を曝す気はないからね」

差し出されたほとんどジュースに近いカンパリオレンジを嘗めるように飲む、ぼうっと赤くなった顔が艶っぽく見えた。色づいた唇がキスを誘うように薄く開いて、乾くのか舌でしきりに嘗めている。

濡れて光る唇が、やけに艶めかしい。

玲司は意識して視線を逸らし、無理やり笑みを浮かべた。飲み終わったのを見て声をかける。

「タクシーをお呼びしましょうか？」

「そうだねえ。もう限度だよね、これ。ひっく。呼んでくれる？」

ふうっと酒臭い息を吐きながら、桜田は「酔っちゃったよ」と笑っている。

玲司は複雑な感情を押し殺し、桜田のためにタクシーを呼ぶ。中井が心配そうにこちらを見ていた。

自分と桜田のどちらを心配しているのかと、皮肉な思いが心を過《よ》ぎった。

大堂が桜田の目指す相手と知ってから、彼の言葉を簡単に聞き流せなくなってしまった。

会議に行ったら昼食に誘われた、意味深な目で見られている。あげくに手を握られたと聞いては、眦《まなじり》を吊り上げずにはいられない。

大堂がそんなことをするはずがないと思っても、桜田がわざわざ嘘《うそ》をつく理由もないし。いったいどうしてそんな状況に、と戸惑うばかりだ。

「引きこもりでする仕事だから、友達がいない、よければたまに食事に付き合ってくださいと頼んだら、時間が空いていればいいですよ、と言ってくれたんだよ。よっしゃあ、と思ったね」

桜田は来るたびに、大堂のことを話していく。嬉しそうに楽しそうに話すので、水を差すようなことは言えず、内心の苛立ちを隠して笑顔で聞くしかない。

「でも、お友達では、その先は難しいのでは。お友達から恋人へのハードルは、相当高いように感じますが」

せいぜい言えるのはその程度。桜田は全く気にしていないようにあっさり手を振った。

「高いから挑戦しがいがあるんじゃない。そりゃ、オレだって好きと思った人全部を落としてきたわけじゃないけど、かなり確率は高いんだよ。一歩ずつ登っていけば、いつかは高峰も制することができる、なんてね。お友達はまずそのとっかかりかな。だってオレのこと知ってもらわなくちゃ、好きにもなってもらえないでしょ？」

ものすごいポジティブシンキングだ。その積極性が羨ましい。

もし桜田が自分と同じ罠《わな》に落ちたら、どうしていただろうか。意外に芝浦とのことを楽しんで、逆に振り回していたかもしれない。屈辱だと思い詰めて、切り捨てるしかなかった自分と違って。

大堂からは桜田のさの字も聞いていないから、疑心暗鬼が募る。特に今は、互いの間がぎくしゃくしているから余計に。

大堂も自分のように過去を引きずっている面倒な相手より、陽気で明るい桜田といる方が心地よいのではないかと考えてしまうのだ。自分に置き換えても、疲れて帰ってきたとき、暗い沈んだ顔に迎えられるより、明るいにこにこ顔に迎えられる方が絶対にいい。

大堂はマンションを移っても一緒に住むと言ってくれたが、それもいつまで続くか、などと勝手に邪推してしまう。

最近大堂は夜の帰宅が早くなり、玲司が不在なので時間を持て余しているようだ。帰宅したあとにまた出かけるパターンが多くなった。そのとき桜田に会っているのではないかと疑えば疑える。

落ち込んだときに考えることは、たいがい悪い方を向くものだ。桜田に会っているなんて証拠はどこにもないのに。

一言、「桜田輝晶と友人になったのか」と尋ねれば済むことを、そうだ、時々会っていると頷かれるのが怖くて聞けないでいる。誠実な大堂だから、二股《ふたまた》なんかは絶対にしない。今は本当に友達感覚でしかないはずだと確信していても。

この先はわからないじゃないかと考えてしまうのだ。桜田の言うとおり、付き合いが深まって好ましいところがどんどん見えてきたら、彼の方がいいと思い始めるかもしれない。

そうなったら大堂は、「すまん、好きな相手ができた、別れてくれ」と自分の前に真摯《しんし》な態度で頭を下げるだろう。

その光景を思い浮かべただけで、胸に激痛が走った。

玲司は慌てて妄想を振り払う。何も言われない先から邪推して、勝手に傷ついてどうするのだ。今自分がすべきなのは、大堂とともに過ごす時間を作ること。

幸い中井は、

「最初から空いた時間でとお願いしていましたからね」

と快くスケジュールを調整してくれた。有り難く思うと同時に、自分がこの店でたいして必要とされていないと実感させられ、また卑屈な思考に流れそうになる。

そもそもいらない人間を中井が誘うはずがないだろうと、自らに突っ込みを入れてなんとか気持ちを立て直す。

自分は、こんなに優柔不断、かつマイナス思考に陥る性格だっただろうか、と情けなくなる。

そんな気持ちでいたからだろうか、なんとなく気まずいまま現状維持でいた大堂から、あるときふと告げられた言葉に強い衝撃を受けた。

店で働く時間を調整して来週から一日置きにしてもらったと話したときだ。これで大堂とゆっくりした時間が持てると、玲司にすれば歓迎してもらえるつもりだったのだが。

「そんな中途半端な気持ちで仕事をしていたのか？」

いきなり大堂が不機嫌になった。思わず見上げた玲司を、大堂が厳しい目で見返す。

「俺は玲司が、やりがいを持って真剣に仕事をしているのだと思っていた。だから我慢するのも仕方がないと。それが、一日置き？　そんなんだったらいっそ辞めてしまえよ。中井さんにも迷惑だろ。もともとこちらから頼んだ……」

そこまで言って、大堂ははっと口を噤《つぐ》んだ。しまったという顔をしている。

「こちらから、頼んだ？」

オウム返しに繰り返してから意味がわかって、玲司は目を瞠った。

「正吾が、中井さんに頼んだのか」

ごまかしは許さないときつく睨む。大堂は視線をあちこちに逸らして玲司の追及から逃れようとしたが、しつこく追いかけると、諦めたように肩を竦めた。

「ああ、そうだ。しばらくのんびりしろとは言ったものの、家に籠ってかえってストレスを感じていたみたいだから気になって。といって、すぐに証券アナリストの仕事に戻るのは難しいだろう？　ワンクッション置いた方がいいと思い、中井さんに相談したんだ。そうしたら『接客業はどうです？』と提案された。まさか自分の店にとは思わなかったけれど。完全な別業種は面白いかもしれないと考えて」

玲司がずっと凝視しているものだから、大堂はそこで言葉を切り、居心地悪そうに身じろいだ。

「そういうわけだから玲司が辞めても、中井さんは痛痒は感じないと思う」

言いにくそうに続けた大堂の言葉の途中から、玲司は徐々に視線を落とし、「そう、わかった」と呟いた。のろのろと踵を返す。

「玲司？」

「中井さんと話してみる」

辞めるとも辞めないとも言わないで、玲司は居間を出ていく。胸の中では言葉にならない激しい感情が渦を巻いていた。

自分が大堂の掌で踊っていただけと知らされて、悔しいし空《むな》しい。これでも少しは役に立てていたと思っていたのに。ただの思い上がりだったなんて。

湧き起こる自己嫌悪と羞恥。

こんな気持ちを感じさせた大堂への怒りが、じわじわと込み上げてきた。理性では彼の好意だとわかっていても、感情面では見下されたと感じている。

同じ男で、抱かれているとはいっても対等だと信じていたのに。

「玲司、待てよ。そんな顔をするな。俺は、おまえのことを考えたから……」

摑まれた腕を、玲司は勢いよく振り払った。

「わかってるよ！　心配してくれたんだってことは。ちゃんと感謝すればいいんだろ！　どうせ俺は正吾のお荷物なんだから」

勢いで怒鳴っていた。やりきれない思いを、大堂に叩きつける。半ば以上は、自分自身へ向けるべきそれを。八つ当たりなのはわかっていて、口にせずにはいられなかった。

「……そんなことは、言ってない。お荷物だなんて、そんな」

大堂は力なく呟いた。自分が口走ったことが玲司を傷つけたとわかっているからか、反論にも力がない。

それでもすぐに顔を上げて真正面から玲司を見た。悪びれない口調ではっきり告げる。

「間違ったことをしたとは思っていないが、傷つけたのは謝る。プライドのあるおまえが怒るのは当然だ」

揺るぎない目で見られて、玲司はたじろいだ。筋違いとわかった上で大堂を責めた。それを謝られたら、言葉が出ない。ぎりぎりと奥歯を嚙み締め、拳を握った。

「……中井さんと話すと言っただろ。もういいから、ほっといてくれ」

低い声で言い捨てて、マンションを飛び出した。

「待てよ、玲司！」

呼び止めたものの、エレベーターに乗り込んで「閉」のボタンを連打する玲司の形相を見て、大堂の足が止まる。その間に扉が閉まり始め、慌てて走り出した大堂の目の前で完全に閉じた。

玲司はほっとして一方の壁に寄りかかる。

エントランスには常駐のスタッフがいるので、なんとか表情を取り繕って通り過ぎた。追いかけてくるかと思ったが、さすがに大堂も空気を読んだのだろう、来なかった。

頭を冷やすために二駅ほど歩くと、店に行くまでまだ時間があるのを確認して近くの喫茶店に入る。コーヒーを飲み、昂っていた心身がようやく落ち着いてくると、羞恥が込み上げてくる。

理不尽な怒りを向けられた大堂はどう思ったか。善意で中井に相談してくれたことまで責めていたことが恥ずかしい。

なんであんなに激昂したのか、自分でも不思議だ。おそらく、桜田の話を黙って聞かなければならなかったことで、次第にストレスが溜まっていき、それらが一気に爆発したのではないかと思う。

過去を引きずるこんなややこしい男、自分なら見捨てている。桜田が手ぐすね引いて待ち構えているのに。

馬鹿な真似をした。素直に好意を向ける桜田と、捻くれた感情しか表に出せない自分。大堂が相手を選んだらどうするのだ。泣くに泣けない。

今すぐマンションに戻って大堂に謝るべきだ。そして、桜田が店に来ていることを告げ、どういう気持ちで彼と会っているのかを問い質《ただ》す。出歩くほど親しいのならば、どうして会話の中に桜田が出てこなかったのかを尋ねたい。

さあ、立ち上がって戻るんだ。行って話す時間はまだある。

自分に気合いをかけるのに、その場に根が生えたように立つことができない。謝ろう、謝らなければばいけないという気持ちと同時に、自分だけが悪いのか、と思ってしまうのだ。

大堂もこちらの気持ちを理解しない面がある。下手に出たら、ますます大堂の意のままに物事が進むのではないか。

疑心暗鬼が入り交じったそんなことをうだうだと考えているうちに、店に行く時間になってしまった。

ため息をついて立ち上がり、意識して笑顔を作る。

「この顔をキープだ。来てくれる客に、こちらの不調を悟られるな」

言い聞かせ、中井にも気取られないように完璧な笑顔でその夜をやり過ごした。

帰宅すると、大堂はまだ起きていた。諍いのことはどちらも口にせず、無理やり作った穏やかな空気を乱さないよう、互いに細心の注意を払う。

静かな湖面の下で荒れ狂う大波をなんとかやり過ごして、数日が過ぎた。

まやかしの静けさを最終的にぶち壊したのは、やはり桜田だった。その夜やってきた彼は、耳を疑うような爆弾発言をしてのけたのだ。

「例の『彼』が、マンションを探してくれているんだよね」

玲司は、「え!?」と言ったまま固まった。顔に貼《は》りつけていた笑顔にぴきっとひびが入る。

桜田は全く気がつかない様子で滔々《とうとう》と続けた。

「今住んでいるところが手狭だと話をしたんだ。そしたら不動産屋に一緒に行ってくれて、あれはいい、これはちょっとなんて二人で検討した。オレは一人暮らしで考えていたけど、『彼』はもっと広い部屋に興味があるみたいで、……もしかしてオレと住むつもりかなあ、なんちゃって」

てへへと照れ笑いをする桜田の言葉は、玲司にとって激しいショックを引き起こした。血の気が引き、自分でも蒼白《そうはく》になるのがわかる。目の前のカウンターを摑んで、なんとか立ち眩《くら》みを凌《しの》いだ。

引っ越しは反対だと言った大堂が、マンション探しをする桜田に付き合うなんて。

「氷崎さん？　ねえ、どうしたの？」

心配そうな声が、聞こえてくる。耳にはちゃんと届いているのに、その声はどこか遠く、自分に言われているのだと認識できない。

「中井さん、氷崎さんが……」

「大丈夫ですか、氷崎さん」

肩に置かれた温かな手が、玲司をようやく自失状態から引き戻す。

「え？　あ……」

我に返れば、中井が気遣いを浮かべた眼差しで覗き込んでいるし、カウンターの前からは桜田が身を乗り出していた。その瞳に気遣いとともに後ろめたさがあったと感じたのは、気のせいか、錯覚か。

「すみ、ません。大丈夫です。ちょっと立ち眩みがして」

無理やり笑みを浮かべ、なんでもないと首を振る。それでも中井に勧められ、少し早いが休憩を取らせてもらうことにした。膝ががくがくして力が入らないのだ。

大堂が桜田と一緒に不動産屋に行ったと聞いただけで、これほどショックを受けるとは自分でも思わなかった。

「ふっ。なんてざまだ。仕事中にこんな無様な。プロ意識の欠片《かけら》もない。正吾に言われたように、さっさと辞めるべきなのかもな」

狭い控え室には、ロッカーと小さなテーブル、椅子が置いてある。その椅子に崩れるように座って、頭を抱える。

ノックがあって、はっと居住まいを正したら、小森だった。湯気の立つカップを手にしている。

「これ、今日のスープ。身体が温まるから飲んで。下手な飲み物よりいいだろうと中井さんが」

「ありがとう、いただくよ」

「顔色が悪いから、ゆっくり休んでいてください。店はなんとかなるから」

慰めのつもりだろう小森の言葉が、弱っていた玲司にとどめを刺す。

「そうさせてもらうよ」

なんとか笑みを浮かべて言ったものの、小森がいなくなるとどっぷり自己嫌悪に落ち込んだ。

「やはりこの店に俺は必要ないのか。少しは力になれているかもなんて自惚《うぬぼ》れて。……馬鹿みたいだ」

栄養たっぷりのスープは温かく、冷え切った身体をじわりと温めてくれた。だが冷たく凝《こご》ったような心は、容易に温もりを取り戻せない。

飲み干して、まだ温かなカップから暖を分けてもらおうと、両手で包み込む。しかし中身のなくなったカップは、すぐに冷えていった。

諦めてカップを置き、立ち上がる。仕事中だ、しゃんとしなければ。マンションの件は、家に帰ってから大堂に問い質そう。ごまかしてずるずる今日まで来てしまった罰が当たったのだ。聞けば大堂も話してくれるはず。きっとただの行き違いで、あとから笑い話になるに違いない。そう言い聞かせることで、玲司はかろうじて自身を保っていた。

休憩から戻ると、桜田はもう帰っていた。まるでマンションの件を、玲司に伝えたいがために来たような。そんなあるはずがないことまで考えてしまった。

「自分のせいかなと気にしておられましたよ。もし気づかずに傷つけたのならごめんと」

中井が桜田の伝言を伝えてくれた。

「いいえ、ちょっと寝不足だっただけで。体調管理ができていなくて、本当に申し訳ないです」

「まだ顔色がよくないようですね。早引けした方がいいのでは？」

中井が気遣ってくれたが、それも微妙に玲司を落ち込ませた。

「大丈夫です」

虚勢を張ってでも、今日の仕事は完遂したかった。いつ辞めることになるかわからなくても、まだ従業員だ。きちんとしたい。

その一心で閉店時間まで頑張った。最後の客を送り出して、玲司はほっと気を緩めた。中井には真摯に頭を下げる。

「重ね重ね、迷惑をおかけました。私生活をさらけ出す形になってしまい、申し訳ありません」

「いいのですよ。人間ですから、いつも感情をフラットに保つなど、誰にもできません。それと、今日桜田さんが言われたことは、あまり気にされない方がいいですよ。少しばかり悪意があったように、わたしには感じられました」

「……悪意、ですか？　俺と桜田さんはここの従業員とバーテンという関係でしかないのに、そんな感情を向けられる覚えがありません」

わざと笑ってみせる玲司をじっと見たあとで、中井はそっと首を振った。

「わたしの勘違いでしたら、よろしいのです。余計なことを言いました」

「いいえ、気にかけてくださって、嬉しいです」

ぎこちなく首を振り、暇《いとま》を告げた。中井の気遣いすら、今は素直に受け止められない。

ところが、大堂と話をしようと急いで帰宅したのに、肝心の彼がいなかった。仕事から一度帰って、また出かけたらしい。

どこへ行ったのか。飲みに行ったのだとしても、もう帰ってきてもいいはずだ。

そういえば、玲司が中井のところへ働きに出だしてから、大堂は一度もあそこに顔を見せていない。以前どうしてと聞いたら「なんとなく恥ずかしいんだよ」という返事だった。大らかだが繊細さにはややかけると大堂のことを思っていた玲司は、驚いたものだ。

「中井さんはうすうす俺たちのことを知っているし、その人の前でバーテン姿の玲司に見惚れたくない。訳知り顔の目を向けられると思ったら、頭を掻き毟りたくなるから」

などと赤面ものの言い訳を聞かされて、どこから突っ込んでいいのやら。その前にじわりと赤くなった自分自身をなんとかしなくては、言い返すどころではない。

そんな大堂が店に来たら、自分も挙動不審になりそうで、確かに来てくれなくて正解だ。

まだ気持ちが擦れ違っていなかった頃の微笑ましいエピソードを思い出して、ほんのり笑顔になった。が、現状を思い出すとまた気持ちが沈んでいく。

シャワーを浴び、寝間着代わりのスエットを身につけて寝室に入りかけ、躊躇ったあげく大堂の部屋のドアをそっと開けた。家で仕事をすることも多いからか、両袖《そで》机や天井までのキャビネットもあり、たまにソファベッドでそのまま寝てしまうこともある大堂の城だ。

もっとも玲司の部屋も似たようなものだが。

互いに自由に出入りしているが、暗黙の了解で、机のものや散らばっている資料類には手を触れない。触れないのだが、そのときの玲司はなんとなく机に目をやって、それに気がついた。

玲司が入って見つけることを警戒したのか、あるいは何の気なしに置いた上に別の資料が載っただけか。事情はわからないが、いろいろな書類の下に、不動産屋の物件情報が挟まっていた。

「これ！」

触らないという不文律など吹っ飛んで、それらを抜き出していた。賃貸物件もあれば購入物件もあるが、どれもかなり広くて、３ＬＤＫかそれ以上。確かに一人住まい用の物件ではない。

そのときなぜ、大堂が自分と住む部屋を探してくれていると考えられなかったのか。反対だと大堂が言い続けていたこともあるし、芝浦とのことに拘る玲司の手助けなどしないだろうと思い込んでいたこともある。

そして最近の諍いで、彼が頑なな玲司に愛想を尽かしたのではないかという疑いも持っていた。それらすべてが渾然《こんぜん》となって、玲司の判断を迷わせたのだろう。

かっと上った血が、次の瞬間には限界まで下がっていた。

蒼白な顔で、玲司はよろよろと大堂の部屋を出る。手にしていた不動産屋の書類は、力の抜けた手から滑り落ちて、転々と室内に散らばった。

下着と数日分の着替えを手近のバッグに詰め込んで、パソコンを専用ケースに収める。出ようとしてスエット姿に気がつき、慌てて外出できる服に着替えた。

ついでに電話の横に走り書きを置く。これで大堂には自分がなぜ出ていったか伝わるはずだ。

ここは自分の家だという認識はどこかにいってしまい、ただ、ここから出たい、離れたいとその思いに突き動かされるように行動する。

話を聞くつもりで帰ってきたのに、現実に大堂が不動産屋に行った証拠を前にすると、問い詰めるより逃げ出すことを選択してしまった。桜田と一緒に住むことになった、別れてくれなどと、破局を認める言葉を大堂の口から聞きたくない。

これがただの逃避で、いずれ向き合わなければならない現実を先延ばしにしているだけと自覚していても、玲司の足は止まらなかった。

荷物を抱えて部屋を出る。エスカレーターを降りた途端、エントランスに常駐するスタッフに、「お出かけですか」と声をかけられ、ぎくりとした。バッグを提げているから聞かれたのだろうと察して、ゆるゆると息を吐く。

「ええ、出張なので」

「お気をつけて」

儀礼的に相手に会釈して、そそくさとエントランスを横切った。タクシーに乗って、最初に浮かんだホテルの名を告げる。

落ち着いて今のやり取りを振り返り、かえって不審を抱かれたのではないかと思いついた。こんな時間に出張だなんて、あるはずがない。何かあって飛び出してきたのが明白だ。

とはいえ、ホテルマン並みに訓練されたスタッフは、個々の事情には立ち入らないし、口も硬い。玲司の行動が詮索されることもないので、取り敢えず棚上げしておく。

深夜、ホテルにチェックインし、荷物を放《ほう》り投げてベッドに横たわった。ようやく強張っていた心と身体に血が巡り始める。気持ちが落ち着くとまともな思考力も戻ってきた。

「自分の家から逃げ出してきたなんて」

情けなさが身に染みた。あらためて考えれば、部屋に籠っていれば大堂と顔を合わさずに済むのだから、飛び出さなくてもよかったのだ。

嘆息し寝返りを打った。そのまま寝てしまおうと目を閉じたとき、店で携帯をマナーにしたままだったことを思い出す。のろのろと身体を起こし、上着のポケットを探った。メールが二件、不在着信と留守録も一件ずつ入っている。

先にメールを見ると、一件は契約しているメルマガだったが、もう一件が大堂からだった。『緊急事態で出社する』とあり、留守録には朝一番で現地へ出向くと入っていた。帰宅予定は早くてその日の夜、手間取ればもう一日とのこと。

「だったら慌てて出てくることなかった」

深いため息が漏れた。まさに、パニック状態だったのだと、自身の弱さに唇を噛む。

芝浦に囚われていたときは、何くそと反抗心を燃やし、負けるものかと絶対にくじけなかった。あの強さはどこにいったのか。

翌日、朝日の中で目覚め、朝食を摂《と》りながらじっくり考えて、帰るのはやめた。いつ帰宅するかわからない大堂と、いきなり出くわしたくない。会うのは心構えができてからでないと。

ついでに少し離れることで、自分自身を見つめ直したい。

そう決めると、気持ちに余裕ができた。店に行くまでは時間の余裕があったので、ホテルの部屋でデイトレードに精を出した。

エスカレーターで降りればカフェもあるし、部屋を出たくなければルームサービスもある。気が向けばフィットネスの設備もあるので、ホテル生活は意外と快適だ。

部屋を出ている間に清掃も頼める。

携帯の電源を落とし、外部からの雑音をシャットアウトしたおかげで集中でき、一日でかなりの利ざやを稼ぐことができた。

頭の中をデイトレード一色にして余分な思考が入らないようにしていたので、ぐらぐらしていた感情も落ち着いた。とにかく現実を受け入れようと、ようやく、先送りしている大堂と話し合う決心がついた。

店に向かう時間になったので、支度をしてホテルを出る。自宅マンションとは正反対の路線なので、いつもより少し時間がかかって店に到着した。裏口の鍵はすでに開いていて、中井か小森がもう来ているようだ。

「早いな」

呟きながら、ドアノブに手をかけたまま深呼吸する。いつもと同じ顔、同じ態度を、と自分自身に言い聞かせ、少なくとも見た目は変わらないはずと信じながら中に入った。

裏口から控え室に向かったときだった。こちらの気配を察したのか、店の方からガタンと音がして荒々しい足音が近づいてくる。

何事と顔を上げたら大堂が立っていた。怒りを精いっぱい堪えているような顰めっ面だ。

「正吾？」

なんで彼がここにいると目を瞬《まばた》いていると、ガシッと腕を摑まれた。

「捕まえた！」

そのまま引きずられるようにして、店の方に連れていかれる。

「正吾、ちょ……っ、放せよ。痛いじゃないか」

文句を言いつつ引かれていった店には明りが灯《とも》り、カウンター内に静かに佇《たたず》んでいる中井と、唇をへの字に引き結び、ふて腐れて椅子に座っている桜田がいた。

「なん、で？」

中井がいるのは店が開いていたから当然だが、大堂とそして桜田はなぜいるのか。もしかして二人で一緒に最後通牒《つうちょう》を突きつけようとして……？

さっと青ざめた玲司を見て、大堂が低い声で唸った。

「俺の話を聞きもしないで、勝手に妄想するな。自分の邪推で傷つくなら、それは自業自得だぞ」

厳しく戒められ、どういうことかと、玲司は翳った眼差しを向ける。救いを求めて中井を見たが、彼は逃げてはいけないと首を振り、大堂と桜田を示した。話を聞けということなのだろう。

二人が自分を傷つけるために来たのでなければ、いったい何のために。

玲司はようやく重い口を開いた。

「なんで、二人してここにいる？」

「……そうやって最初から俺に聞いていれば、こじれることはなかったんだ。俺は仕事で付き合いのあるこいつがここに出入りして、あることないこと玲司に吹き込んでいるなんて、ちっとも知らなかった」

「あること、ないこと？」

まだなんのことかわからず、言われた言葉をオウム返しに繰り返す玲司を横目でちらりと見てから、大堂は桜田に厳しい視線を向ける。

「ほら、説明しろよ、桜田サン。こっちは大迷惑してるんだ。仕事の取り引きをなしにすると言い出すのなら、俺はそれをそのまま、あんたを希望した得意先に話す。脅されたってな。俺は玲司に釣り合う男になりたいために、会社を軌道に乗せようとしているんだ。その肝心の玲司を犠牲にするくらいなら、会社の発展なんか必要ない」

大堂が桜田に対して激怒していることが、ようやく玲司にも伝わってきた。

「でもオレが大堂さんを口説いたのは本当だし、ちょこちょこ食事も付き合ってくれて、それに一緒に不動産屋に行ったのだって嘘じゃない……」

途中から大堂に憤慨も露《あら》わに睨みつけられて、桜田の言葉がか細く消えていく。

「あんたに口説かれたのは最初だけだろ。それも、言われたその場で断ったはずだ」

大堂が断固として言い放つ。玲司は「え？」と目を見開いて大堂を凝視した。その前で大堂は一つ一つ桜田の言葉に反論する。

「食事に行ったのも、けっして二人きりじゃなかった。そもそもどれも接待絡みだから、そっちの誰かか、こちらの誰かが同席していた。惑わすような言い方はやめてくれ。それと不動産屋か？　あれは、どうしても今のところが嫌だと玲司が言うので、いい物件はないかと見に行っただけだ。あんたが入ってきたのは俺のあとからだろ？　まさかと思うが、つけていたのか？」

気まずそうに顔を背けるのを見て、本当にそうしたのだとわかった。

「……会えないかな、会えたらいいなとあの界隈《かいわい》に買物に行ったら、あんたが一人で歩いているのを見つけて、ラッキーとついていっただけだ。家からずっとつけたわけじゃない」

ぼそぼそと言い訳をしながら、ストーカーじゃない、と桜田が胸を張る。買物ついでに会えたらいいと足を伸ばしたのなら、大堂を好きだという言葉だけは嘘じゃないのだろう。それ以外の、玲司に告げた大半にごまかしが交じっていただけで。

あっさり騙《だま》された自分は、馬鹿と言われても仕方がない。

「ということだ、玲司」

桜田の弁明が終わった途端、大堂がくるりと振り向いた。

「俺に対する疑いが事実無根だとわかってくれたか」

肩を摑まれ、揺さぶられながら問い質される。懸命に訴える眼差しに、玲司は頷いていた。

「よかった」

逞しい胸から大きく息を吐き出しながら、大堂は玲司を掻き抱いた。

「昨日から、生きた心地がしなかった。電話してもメールしてもなしのつぶて。夜中以降は電源が切られていて全く連絡はつかない。といってトラブルを放り出して帰るわけにもいかなくて」

抱き締めたまま、昨夜から今までの焦燥を切々と訴える。

「朝になって中井さんに連絡したとき初めて、桜田という男が店に出入りしていて、玲司が誤解しそうなことをいろいろ喋っていたことを聞いた。どうなっているのですかと中井さんに聞かれても、そんなの初耳で。どうして玲司は相談してくれなかったのかと恨めしかったぞ。責めてくれていたら、その場で誤解が解けたのに。辛抱強いのもほどがある」

責める矛先が次第にこちらに向いてきた。言われても仕方がない行動を取ったからには、黙って聞くしかない。

「その電話でヤバイと感じたから、無理やりトラブルを収め、残りは三坂に丸投げして帰ってきたのに。帰ってきたらきたで、桜田との二股を責めるメモがあって、言い訳しようにも本人はどこかへ行っていない。こんなに途方に暮れたことはないぞ」

責めながら訴えられて、玲司としては悄然《しょうぜん》と頭を下げるしかない。

「ごめん。本当に悪かった。俺もいろいろ聞かされていたから、余計なことを考えてしまって。まさかそれが全部嘘だなんて思わなくて」

「中井さんが、時間になったら仕事にくるはずだから、ここで待つ方が確実だと言ってくれて、こいつを呼び出して締め上げ、引きずってきたんだ。おまえの前でちゃんと誤解を晴らしてもらわなくちゃと思ってな」

「ひどいんだよ。オレだって都合があると言ったのに。聞いてくれなくて……」

口を挟んだ桜田を、大堂が睨みつける。

「自分の不始末の責任を取るのは当たり前だろう。そういえば、まだ謝罪を聞いていないぞ。騙して玲司を傷つけた詫びを言ってもらおうか」

桜田はしおしおと項垂《うなだ》れ、ちらっと玲司を見た。

「氷崎さんには、申し訳なかったと思ってるよ。悩ませているのはわかっていたんだけど、でもそれがまたすごく色っぽくて……」

「桜田サンッ」

恫喝《どうかつ》を含んだ低い声で名前を呼ばれ、桜田がびくりと肩を揺らす。そして諦めたように小さく嘆息すると、潔く頭を下げたのだった。

「えーと、氷崎さん、ごめんっ」

謝罪を引き出した大堂が、玲司を振り向く。

「誤解は完全に晴れたか？」

「晴れた。疑ってほんとに申し訳ない」

「それなら、よし」

大堂が玲司を抱き締める腕に力を入れた。正面から見つめる瞳が、愛おしい、恋しいと語っている。次第に顔が近づいてきて、玲司も自然に目を閉じ、こほんという咳払いにハッと我に返る。慌てて大堂を押しやった。

中井が優しく微笑んでいる。

「どうぞ、続きはお帰りになってから。この先のことも話し合う必要がありそうですしね」

「あ、はい」

玲司は小さな声で答え、いたたまれない気持で俯《うつむ》いた。中井や桜田までいる中で、大堂に抱き締められていたなんて、信じられない。大堂の方は離れようとした玲司を引き留め、「逃げるな」などと言っている。デリカシーがないと思わず拳で胸を叩いていた。

「それと氷崎さん。あなたが店を手伝ってくださって、本当に助かりました。カウンター内に立っておられるだけで店内が華やぎ、いつもより客が増えたのは、あなたのおかげだと思っています。できましたらこのままここで働いてくださると、わたしとしてはとても嬉しいのですが」

「え？　でも……」

玲司は戸惑って大堂を振り向く。大堂が頼んだから中井が雇ってくれたんじゃなかったのか。

「大堂さんの相談は、ただのきっかけにすぎません。渡りに船だったのはこちらです。あなたが自分のことを卑下しておられるのはうすうす察していましたが、こんな小さな店で、いらない人間を雇う余裕なんかありませんよ。そのことをよく考えてみてください」

「……ありがとうございます」

中井の言葉は心の奥深くまで染み入って玲司の自尊心を柔らかく包み、それまで感じていた過剰なまでの自己卑下から引き上げてくれた。

「おい、中井さんに口説かれるな。俺だっておまえのこと、必要としているんだからな」

大堂が慌てたように玲司を掻き口説く。また抱き締めてこようとするのを、寸前で止めた。

「とにかく、家に帰ってから……」

言いかけて、あっと中井を見る。

「今日はお休みということに。今のあなたは幸せオーラで色っぽすぎて、とても酔客の前には出せません」

にこやかにしかしぴしゃりと言い渡されて、赤面する。

「さ、もうお帰りください。わたしはこれから開店の準備があります」

中井に促され、玲司と大堂は頭を下げて礼を言い、店を出た。駐車場に向かい、車に乗り込むと、大堂がさっそく玲司を抱き寄せた。

「駄目だ、正吾。まだ明るいし人目がある」

「わかっているが、玲司不足なんだ。家まで我慢できるよう、少しだけ補給させてくれ。……本当にどうなるかと肝が冷えたんだぞ」

恨み言を言われると逆らえない。しばらくおとなしく抱かれていると、少しして満足したのか大堂が身体を放した。その代わり、素早く掠めるようなキスを奪われてしまう。

唖然としていると、大堂はにやりと笑い、楽しそうに鼻歌を歌いながらエンジンをかけた。

「捕まらない程度に急いで帰ろう」

「もう、正吾……」

悔しいから、音痴な鼻歌はやめろと言ってやる。大堂はショックを受けたように「おお、俺の芸術的才能がわからないとは」とわざとらしく嘆いた。

音痴なだけだろ、違う、不協和音に芸術が潜んでいるんだ、などとくだらない言い合いをしながら、大堂の的確な運転でマンションに向かって走り続ける。途中、「ホテルのチェックアウトをしていない」と玲司が言ったが、「明日でいいじゃないか」と一蹴《いっしゅう》された。

「おまえが動けなければ、俺が行って清算してくる」

意味ありげに流し目を寄越《よこ》され、言葉の裏に隠された誘いに、玲司の顔がぼうっと赤らんだ。

「動けないほどどする気か」

強気で返したら、

「当然。しばらくお預けだった分、精いっぱい勤めさせていただきますよ」

さらに直截《ちょくさい》なことを言われ撃沈した。これ以上は挑発に乗らない、と口にチャックをしておく。

逸《はや》る気持ちは大堂と変わらない。かなりスピードが出ているにもかかわらず、のろのろと進んでいるように感じてしまう。

ようやくマンションが見えてきた。手間を省くために地下の駐車場に直接乗り入れ、所定の位置に停める。急ぎ足でエレベーターに乗り、部屋に向かった。

二人とも慎重に距離を置いている。万一どこかが触れ合ったら、そのまま雪崩れ込んでしまいそうなど、気持ちが昂揚していたのだ。

なんとか部屋に入ると同時に、自制が切れた。玄関で靴も脱がないまま大堂に抱き寄せられる。玲司も負けずに彼の首に腕を伸ばして引き寄せ、熱烈なキスに誘った。

舌を絡めるだけではもどかしい。身体をくねらせながら大堂に腰を擦《こす》りつけた。キスだけで昂ったモノは、じんじんと疼いて早急な愛撫を希求している。

押しつけた相手の腰でも、すでに果実は実っていた。

唇をもぎ放し、「早く」と訴える。快感で潤んだ瞳、欲情して上気した艶めかしい顔、そして激しいキスでぼってりと膨らんだ唇。それらすべてが大堂の官能を直撃した。

履いていた靴を蹴《け》り飛ばし、玲司を抱え上げてベッドに運んでいく。放り出すようにベッドに下ろすと、シャツを脱がせスラックスも下着も一気に剥《は》ぎ取ってしまった。靴下を穿《は》いたままの足の片方には、まだ靴が引っ掛かっている。

大堂はそれらも邪魔そうにベッドの下に放り投げた。

玲司が見ている前で大堂も服を脱ぎ捨てる。全裸になった彼に、玲司は腕を差し伸べた。ずしりと重い身体が重なってくる。あらためてキスを求め、角度を変えて何度も口づけたあと、深く結び合った。

大堂の舌が玲司の口腔を探っている。あちこちにある性感帯を一つずつ丁寧に暴かれ、舌を絡めて甘噛みされて、背筋に震えが走った。

玲司も手を伸ばして大堂の身体を撫で擦《さす》る。筋肉の張った肩から背中、二の腕、逞しい腰。何度触っても羨ましい。

大堂も、滑らかな玲司の肌は、触るだけで気持ちいいと言っているから、互いに無いものねだりなのだろう。

大堂の唇が、軽く嚙んだり吸ったりして痕《あと》をつけながら、唇から喉、鎖骨へと下がっていく。胸のささやかな尖りを口に含まれたとき、玲司の劣情がひくんと反応した。

「欲しい、触って」

濡れた目で大堂を見上げ、彼の手を取って腰に触れさせる。甘やかな誘惑に、大堂の身体が大きく震えた。大堂の手が、玲司のそれをしっかりと握り、擦り上げる。たちまち先端が開いて先走りが零れ出した。

「ああ、いい……」

欲情して掠れた声で、もっと強くと訴えながら、自分も大堂のモノに手を伸ばす。互いの目を見合わせながら、キスを交わし昂りを追い上げていった。

帰ってきたときから昂っていたモノは、少しの愛撫であっけなく絶頂まで追い上げられてしまう。

「イくっ」

と身体を仰け反らせ、達した。ほとんど同時に大堂もイった。

喘ぎながら顔を見合わせ、あまりの早さに苦笑し合う。互いの肌に、それぞれが出したものを塗りたくり、くすくすと笑った。嬉しくて楽しくて何をしても笑いが浮かぶ。憂いがなくなったので、二人とも心からこの瞬間を楽しんでいた。

玲司にしても、引っ越しに反対していた大堂がこっそりとマンションを探していてくれたことを知って、焦る気持ちが消えた。わかってくれないなどと考えず、きちんと自分の真情を吐露すれば、互いに納得できる解決法が見つかるに違いない。

「入りたい、いいか？　ここ」

笑みを浮かべていた大堂が表情を引き締め、戯れのように顔中にキスを降らせながら、腰の奥を探ってきた。

「いいよ、来て」

嫌だと言うわけがない。一度イっても、もうそこは回復の兆しを見せている。大堂が求める限り何度でも応じるつもりだ。

動けないときは責任を取ってもらって、種々の雑用は大堂にやってもらうことにしよう。

濡れた指が、玲司の蕾《つぼみ》を探ってくる。硬く窄《すぼ》まっている蕾を爪でやんわりと引っ掻かれると、そこで感じる快楽の記憶で、無意識に出入り口が開閉した。周囲を押して解し、しばらくして指先が入ってきた。

大堂がそこを触る間、息を逃し身体の力を抜くように努める。

「おまえも欲しがっているな」

食い締めるモノを求めてひくついていることを揶揄されて、「当たり前だろ」と睨んだが、潤んだ瞳では挑発にしかならない。

玲司の腰にあたっている大堂の昂りが、直後にさらに硬度を増した。蜜が零れ落ちて玲司を汚す。

「その目で見るな」

大堂が呻いた。玲司は薄く笑って、乾いた唇を嘗める。赤い舌が閃く様を、大堂が魅せられたように見つめ、むしゃぶりついていった。

キスを貪っていた大堂が熱い息を吐いて唇を放すと、唾液が銀糸となって互いの間を繋ぐ。玲司がうっとりと蕩《とろ》けた眼差しを上げ、キスで膨らんで痺れた唇を動かす。

「もっと……欲しい」

言いながら玲司は、一方の手で大堂の昂りを扱き、空いた方の手も動かして腰を撫でる。

「……っ」

大堂が息を呑んだ。身体に力が入り、押し寄せた波を堪えきる。

「イけばいいのに」

不満そうに玲司が言うと、大堂が眉を寄せた。

「入りたいと言っただろう」

「だったら、早く」

妖艶《ようえん》な眼差しで大堂を捉え、その先を促す。大堂がこくりと喉を鳴らし、蕾を解すことに熱中し始めた。足を大きく開かれ、あられもない格好で腰を持ち上げられたところに、大堂が口をつけ唾液を押し込んでくる。

「や、そんな。汚い……」

「汚くない。いいから任せろ」

身体が熱を帯びて欲情しているせいか、いつも感じる、いたたまれないほどの羞恥はさほどではない。玲司の分身から大堂の指が挿入されると、自ら腰を揺すって感じる場所に導いた。

「や、違っ……、もっと奥」

もどかしくて、大堂の手首を摑んだ。思うところに動かして、いざ指がその場所に触れると、「ああ」と身悶えた。

「突いて、あ、ああ……っ、いい」

差し入れた指で大堂が何度もそこを突き、玲司を快感で乱れさせた。二本目、三本目と様子を見ながら指を増やしていった大堂が、我慢できないとそれを引き抜き、自らの熱塊を押し当てた。そのまま性急に入り込んでくる。

狭い入り口が広がって柔軟に大堂を受け入れた。腰を高く掲げられているので、自分自身がよく見える。淫《みだ》らに濡れそぼって、大堂が動くたびに卑猥《ひわい》に揺れていた。

そこも触ってほしくてうずうずしていたから、自分でしようと手を伸ばした。

「自慰を、見せて、くれるのか？」

腰を使いながら、大堂が息を切らし、からかってくる。挑むようにその目を見返したあと、玲司はかまわず手を動かした。自分のモノだから、加減も熟知している。

強く弱く、先端にも刺激を与えると、たらたらと蜜が伝い落ちる。滑りやすくなった手を動かして、快感を貪った。

「あ、んっ……」

「色っぽいな、堪らない」

最奥まで行き着いた熱塊を引き出しながら、大堂が呟いた。半ばまで引き抜き、小刻みに腰を揺らして玲司の弱みを探る。

「ああっ」

「ここか」

玲司の身体が跳ねたのを見て、確信したようだ。抉るように何度もそこを突いて、玲司を呻かせた。過敏なその場所は、玲司の最大の弱みだ。触れられるだけでも、快楽に啼かされる。

跳ねる身体を大堂は押さえつけ、次は長いストロークで最奥までを往復した。

狭い筒を余すところなく抽挿され、いやが上にも快感が沸き立つ。

腰のモノで中を苛めながら、大堂はさらに玲司の乳首を弄《いじ》ってきた。指先で小さな粒を揉み込まれる。ソフトに指で愛撫し、次は少し痛いように爪を立てられた。がすぐにまた、玲司が気持ちがいい程度に力を緩め、翻弄する。

程よい刺激に、身体の熱がどんどん上がっていく。玲司はしっとりと汗を掻き、艶めかしく腰をくねらせた。

玲司の昂りから、感じている証の蜜液がどんどん零れ落ち、下生えを濡らした。

「あ、もう、駄目、……イきたい」

「俺もだ」

喘ぎながら訴えると、大堂の逞しい腰の動きが性急になった。玲司は汗で濡れた彼の身体にしがみつき、自分からも腰を動かして喜悦を貪った。波のように押し寄せる快感に、抗《あらが》いようもなく流されていく。

「あああっ」

目も眩むような絶頂が押し寄せた。昂りが弾け、内部が激しく痙攣《けいれん》する。大堂もその衝撃に巻き込まれ、堪えようもなく放出した。最奥に夥しい飛沫が叩きつけられ、達してなお飛翔《ひしょう》を続けていた玲司をさらに高く遠くへ送り出した。

荒い息が少し収まるまで、長い時間がかかった。胸を喘がせ、懸命に空気を取り込んで、ようやく忘我の境地から下りてくる。

ぼうっと潤んだ目を開けてみると、間近で大堂が心配そうに覗き込んでいた。乱れた髪を優しく撫でている指が気持ちよくて、また目を閉じようとすると、慌てたように声をかけられた。

「玲司、その、大丈夫か？」

「……大丈夫に見えるか？」

なんとか答えた声は、喘ぎすぎてひどく掠れていた。

「すまん。抑えが利かなかった」

「謝るな。俺だって望んだことだ」

「玲司っ」

感激した大堂にぐったりした身体をぎゅっと抱き締められて、苦しい、殺す気か、と背中を叩いた。

急いで力を緩めてくれたが、彼の腕の中にいるのは心地よかったので、身体をずらそうとするのをやめさせて、自分で居心地のいい場所を探して落ち着いた。

吐息を零し、そのまま気持ちのよい眠りに引込まれていく。

「朝になったら」

大堂が耳許で囁き、玲司も頷いた。二度と誤解しないように、きちんと話し合って、マンションのこともそのほかのことも、わかり合えるまで時間をかけよう。

すーっと眠りに引き込まれながら、玲司は引っ越したいという焦りにも似た思いが、なぜか薄れていることに気がついた。これだけのグレードの部屋を今手に入れようとしたら、相当な金額が必要になる。そんな無駄なお金を使う必要があるだろうか。それよりももっと有意義な使い方をした方がいいのではないか。

実利的な面を考慮できるようになったのは、大堂のおかげかもしれない。彼がこうして惜しみなく愛情を注いでくれるから、芝浦のことがどうでもいい部類に少しずつ押しやられているのだろう。

ここに住み続けるのもありか、大堂と一緒なら。

そう考えたことで口許が緩んで笑みの形になった。

少しあとで眠りに落ちた大堂が、その微笑みを「天使の微笑」と呟いたなど、玲司の与《あずか》り知らぬことではあった。


中井はドアが閉ざされて二人の後ろ姿が見えなくなってから、さて、とこの場に残されたもう一人を見た。中井の視線の先で、桜田はやってられないと肩を竦めている。

「オレ、途中から完全に忘れられてたね」

ぼやいた桜田に、中井は目を細めた。

「それでよかったのでは？　あらためて一つ一つ追及されたら、いろいろ不都合な事実が出てくるのではありませんか」

中井の指摘に桜田は、ばつが悪そうに視線を落とした。図星ということだ。

最初の出会いは偶然でも、それからはいろいろ情報を集めて計画を練ったのだろう。その情報は、どうやって集めたのか。パソコンやネットを自在に操る桜田なら、多少危ういこともしたかもしれない。恋の勝利者になるために。

もっとも、計略が霧散して、かえって二人の絆《きずな》を深める結果になったからは、野暮な追及はしないに限る。世の中は、最終的にプラスとマイナスが釣り合うようになっている、というのが、長く生きてきた中井の信念だ。

すっかりばれてしまっているのに、桜田は立ち上がって出ていこうとはせず、ふて腐れた顔をしながら、「何か飲ませてよ」と中井に注文してくる。

中井は冷蔵庫で冷やしていたビールとカンパリを取り出してカクテルを用意すると、桜田の前にすっと置いた。

「カンパリビア、です」

「……わざわざそれにしたの、何か意味がありそうだね」

「ほろ苦い失恋のカクテルです」

澄まして言うと、桜田が顔を顰めた。

「追い打ちをかけなくたっていいだろ」

ぶつぶつ文句を言いながらも、グラスを取り上げる。

「苦っ」

一口飲んで、吐き出しそうにした。

何度も来店して注文を受けているから、桜田が苦みのある酒を嫌いなことは把握していた。だからこれは、中井流のささやかな戒めと嫌がらせだ。

そして、密かに見守ってきた二人を引き裂こうとした彼への罰。

「おいたが過ぎましたね」

やんわりと非難すると、桜田は子供っぽく唇を尖らせた。そんな顔をしても美貌が全く崩れない驚異に、呆れながらも感心する。

「だって、好きだったんだもん。オレが介入したくらいで壊れるなら、どうせ長続きはしないよ。だったらおこぼれをもらったっていいだろ？」

そんな理屈、通るわけがない。

「念のためにお聞きしますが、目的は大堂様ですよね」

「そうだけど、でも途中で氷崎さんも素敵でいいなと思った。この人に甘やかされたいなって。だって、大堂さんは、あれは無理だろ。どっしりと構えて揺らぎもしない。最初から氷崎さんに狙いをつけたのは正解だったけど。あと一歩のところで。……惜しかったなあ。二人が別れていたら、腕によりをかけて口説いていたのに」

「桜田様……」

全く反省していない言い方に、まだ懲りないのかと、中井は次のカクテルを差し出した。

「テネシーワルツです。これも元々の曲の内容から。失恋のカクテルとして知られています」

桜田は不満そうな顔をしながら、それも飲み干した。ならばと続いて出したのはスイートアゲイン。

アゲインと銘打ちながら、これもまた失恋のカクテル。

失恋に関係したカクテルはほかにもあったはず、と頭でレシピをチェックしているとき、桜田がコトリと音をさせてグラスを置いた。

「……でもさ、多少ずるをしたことは認めるけど、本当に好きだったんだよ、オレ」

呟いた声は、力がなかった。軽口で応じていたのは、桜田なりの虚勢だったのか。中井が作ったカクテルを文句を言いつつも全部飲み干したのも、贖罪《しょくざい》の意識があったからかもしれない。

俯いてグラスを弄っている桜田を見た中井は、まだまだ人間観察が足りませんね、と自らを戒めつつ、今度は元気が出るように彼好みの甘いカクテルを作り始めた。

スイートアゲイン

玲司《れいじ》の気持ちが落ち着いたために、マンションを移る話は立ち消えになっていた。仕事にも余裕ができ、二人でまったりした生活を満喫していたのだが、ここに来て、急遽《きゅうきょ》移転話が再浮上してきた。

すべては、今玲司の膝《ひざ》を占領している子猫のせいだ。

夜二人でジョギングをしているとき、捨てられて、車に轢《ひ》かれそうになっているのを見つけ、間一髪で助けた。マンションに連れ帰ったものの、ここはペット禁止の規則がある。今は里親を見つけるまでの短期ということで見逃してもらっているが、早急に対策が必要だった。大堂《だいどう》は会社で皆に声をかけたが、玲司も仕事場で誰《だれ》かいませんかと聞いたようだ。

ところが、世話をしている数日で、子猫の愛らしさに二人ともが参ってしまった。捨てられたせいで警戒心が強かった子猫が、少しずつこちらに心を許し、甘えてくるようになったのだ。最初は餌《えさ》を与えてもこちらがいなくなるまで出てこなかったのに、今では掌《てのひら》から猫用のおやつを食べる。そのときの感激。

「引っ越そうか」

大堂の方からその提案をした。先の騒ぎがあったので、玲司からは言いにくいだろうと気を遣ったのだ。ぱっと綺麗《きれい》な笑みを浮かべた玲司を見て、言った甲斐《かい》があったとにやけてしまう大堂だった。

「ペット可のマンションかあ。いいところがあるといいな」

「明日にでも、不動産屋に寄ってみよう」

と言いながら大堂は、手を伸ばして子猫の耳の付け根を擽《くすぐ》った。食事を済ませたあとなので、腹がくちくなった子猫は、玲司の膝の上で眠たそうにしている。触るとうるさいと言わんばかりに「にゃっ」と抗議してきた。そのときだけ開いた瞼《まぶた》が、またゆっくり閉じていく。

「つつくなよ。寝るところなんだから」

玲司が咎《とが》めるように大堂を睨《にら》んできた。大堂ももちろん子猫は可愛《かわい》い。だが最近、子猫にかまけて自分のことが後回しにされている気もする。ときには自分も膝枕《ひざまくら》とかしてほしい。

考えると我慢できなくなった。子猫を玲司の膝から掬《すく》い上げ自分の胸に抱き取ると、膝枕を決め込んでしまう。

「正吾《しょうご》……」

玲司が抗議するように腰を上げようとするのを押さえつける。

「ここは俺のものでもあるんだからな。子猫も文句はないようだし」

腹の上ですでに寝る体勢になっているのを示すと、呆《あき》れたように嘆息しながら玲司も表情を緩めた。

「……子猫にヤキモチを焼いてどうするんだ」

言いながら屈《かが》み込んで頭を近づけ、唇を押し当ててくる。軽く触れ合っただけで離れようとするのを、がっちり首を摑《つか》んで深いキスに誘った。舌を絡め合い、甘い吐息に身体《からだ》が熱くなる。首から背中に手を這《は》わせ、伝い下りた先の腰の丸みを楽しんだ。

「ベッドに行こうか」

掠《かす》れた声で誘うと、目許《めもと》を赤く染めた玲司が頷《うなず》く。

寝ている子猫を寝床にそっと置き、手に手を取ってベッドルームに向かう。喘《あえ》ぎ声が空気を揺らす、熱い夜が更けていった。


子猫の名前は二人で話し合い、毛並みが白っぽいことから「ミルク」と決まった。

二人で手分けしてあちこちの不動産屋をあたり、何カ所かめぼしいところをピックアップする。条件の第一はペット可のマンションだが、ほかにも幾つか希望がある。今よりグレードを下げないこと、そしてできれば通勤距離を延ばさないこと。

頭金を手持ち資金で賄い、あとをローンにすると、だいたいその線でいけそうだ。

「今住んでいるマンションを売ったら、ローンなんか必要ないだろ？」

不服そうに言う玲司に、大堂が反論する。

「今度は二人の家になるんだ。費用は折半」

二人の家と大堂が言ったとき、玲司は一瞬目を瞠《みは》ったが、すぐに笑みに変えて言い返してきた。

「二人と一匹」

「そうだった。二人と一匹」

一匹と言われた子猫は、爪《つめ》を立ててソファを登っている。登り切ると、大堂と玲司を見て、玲司の方に飛びついた。なんだかムカツク。可愛がっているのは俺《おれ》だろうと本気で凄《すご》むと、玲司は、

「何、馬鹿《ばか》なことを言っているんだ」

呆れて子猫を抱いて立ち上がってしまう。

「コーヒーいるか」

コーヒーより隣に座ってほしいのが本音だが、うっかり口に出すと拗《す》ねられそうだ。おとなしく頷いておく。

預かろうと延ばした手に小さな塊が置かれた。玲司を慕って泣くので、

「おまえも俺と同じか」

嘆息しながら立ち上がり、キッチンに行く玲司のあとを追った。


不動産屋でプリントアウトしてもらった物件を眺めながら、大堂は、こんな穏やかな気持ちで玲司と引っ越しの話ができるようになるとは思わなかった、と独りごちる。

ついこの間まで、ここを出ると頑《かたく》なに決めていた玲司はぴりぴりしていて、大堂の言葉に耳を傾ける気持ちの余裕をなくしていた。芝浦の存在が、濃い影を落としていたせいだ。

大堂としては、引っ越し自体に反対なのではなく、芝浦の影響から逃げようとする玲司の姿勢を問題にしていたのだが、そうした真意を伝えることもできなかった。

玲司をこれほど傷つけた芝浦が憎かった。兄だなんて知らなかったし、大学時代から何かと目の仇《かたき》にされて、わけがわからず鬱陶《うっとう》しかった。

両親に問い質《ただ》し、母親が泣き伏して当時の事情を語ってくれたとき、その背中を優しく撫《な》でながら

父親が言った言葉が忘れられない。

「何があってもおまえはわたしの息子だ。それでいいじゃないか。ずっと変わらず愛しているよ、おまえも母さんも」

懐の広い男らしい人だと、あらためて父親を尊敬した。父親はこの人以外いらないという思いを強くし、自分もこれだけ大きな心で人を愛したいと願った。

「全然足りていないけどな」

もし玲司に子供がいたら、広い心で受け入れられただろうか。なにしろ、玲司が可愛がる子猫にすら嫉妬《しっと》を感じるくらいなのだから、自信がない。「心、狭すぎ」と自嘲《じちょう》する。

でも玲司から、

「そうして嫉妬してもらったら、まだ好かれているんだと感じられるから、大いに妬《や》いてくれ」

と言われたので、それもよしと自分を許した。せっせとヤキモチを焼いて、玲司をうんざりさせてやろう。ただし、嫌われない程度に。

玲司と候補地を見て回り、その中でも最上階のテラス付きの部屋が気に入った。いわゆるペントハウスだ。これに決めようかと話しているときだった。中井《なかい》から思わぬ提案を受けた。自分の家を買わないかと言うのだ。

「一軒家？」

「そう、庭付き一戸建てです。わたし一人では持て余してしまいまして、先日マンションに越したの

りしているよ
ですよ。空き家になっていますから、中古でよければですが」

さすがに大堂も躊躇《ためら》った。このあたりで庭付き一戸建てとなったら、こちらが心づもりしているより高額になるのではないか。

「新築ではないので、それほどでもありません。それに庭があれば、猫を遊ばせてやることができます。木登りとか、好きですよ。一度見にいらっしゃいませんか。ミルクも連れて」

大堂の頭に、ミルクが嬉々《きき》として木に登っている映像が浮かんだ。隣に視線を向けると、玲司もうっとりした顔をしているのは、同じ想像をしているに違いない。

週末、招かれて出かけた中井の家は、ごく普通の和風建築だったが、手入れの行き届いた庭に、大堂も玲司も目を奪われた。庭の中央に大きな桜の木が植わっているのだ。春の見事さが忍ばれる。

キャリーボックスから芝生の上に下ろされたミルクは、最初戸惑っていたが、しばらくすると嬉《うれ》しそうに元気よく走り回った。そして桜の木を見つけると目をきらんと光らせ、勢いよく飛びつくと、たたたたっと登っていく。

大堂と玲司は、互いに目を見交わして微笑を交わした。

ここにしよう、と。

桜の木の下に置かれたテーブルに座って、中井の淹《い》れてくれたお茶を飲みながら、ここで暮らす未来の生活に、二人して思いを馳《は》せるのだった。

あとがき

初めまして、こんにちは。このお話は、以前雑誌に掲載していただいたものに後編を書き加えて、新書化していただいたものです。そのときの雑誌のテーマが「リベンジ」だったので、それに沿った内容をと、かなり悩みました。しかも、実はリンクスさんでの初めてのお仕事でしたから、これで果たして読者様に受け入れていただけるのだろうかと、ドキドキしながら書いた記憶があります。

後編を書いて少し心残りだったのは、芝浦《しばうら》のその後が書けなかったこと。たぶん玲司《れいじ》に恋々としていたでしょうねぇ。うっかり最初のボタンを掛け違ったばかりに……（嗚呼）。

雑誌のときにイラストを描いてくださったのは佐々木久美子《ささきくみこ》先生、そして新書用に新たにイラストを書き下ろしてくださったのが麻生海《あそうかい》先生です。どちらもとても素敵なイラストで、二倍楽しませていただきました。ありがとうございました。

担当様。ぎりぎりの進行になってしまって、申し訳ないです。いろいろ気にかけてくださってありがとうございました。小説を書くのって、本当に難しいですね。

最後に、手に取ってくださった読者の皆様、このお話はいかがでしたか？　楽しんでいただけたのなら、とても嬉しいのですが。

橘《たちばな》かおる

初出
マティーニに口づけを ———— 2007年小説リンクス6月号を加筆修正
テネシーワルツで乾杯を ———— 書き下ろし
スイートアゲイン ———— 書き下ろし

この本を読んでのご意見・ご感想をお寄せ下さい。

〒151-0051
東京都渋谷区千駄ヶ谷4-9-7
(株)幻冬舎コミックス　リンクス編集部
「橘《たちばな》かおる先生」係／「麻生《あそう》 海《かい》先生」係

リンクス ロマンス

マティーニに口づけを

2012年10月31日　第1刷発行

著者……………橘《たちばな》かおる
発行人…………伊藤嘉彦
発行元…………株式会社　幻冬舎コミックス
〒151-0051　東京都渋谷区千駄ヶ谷4-9-7
TEL 03-5411-6434（編集）
発売元…………株式会社　幻冬舎
〒151-0051　東京都渋谷区千駄ヶ谷4-9-7
TEL 03-5411-6222（営業）
振替00120-8-767643
印刷・製本所…共同印刷株式会社
検印廃止

ISBN978-4-344-82639-7 C0293
Printed in Japan

幻冬舎コミックスホームページ　http://www.gentosha-comics.net

本作品はフィクションです。実在の人物・団体・事件などには関係ありません。